心动之吻

WENDELIN VAN DRAANEN

[美]文德琳·范·德拉安南 —— 著

马城 —— 译

Confessions of a
Serial Kisser

南方传媒 | 花城出版社

中国·广州

图书在版编目（CIP）数据

心动之吻 /（美）文德琳·范·德拉安南著；马城
译 . -- 广州：花城出版社，2021.12（2022.6 重印）
书名原文：Confessions of a Serial Kisser
ISBN 978-7-5360-9517-5

Ⅰ . ①心… Ⅱ . ①文… ②马… Ⅲ . ①长篇小说—美国—现代 Ⅳ .
① I712.45

中国版本图书馆 CIP 数据核字 (2021) 第 229497 号

合同版权登记号：图字：19-2021-154号

CONFESSIONS OF A SERIAL KISSER by Wendelin Van Draanen
Text Copyright © 2008 by Wendelin Van Draanen Parsons
Simplified Chinese translation copyright © 2021 by Beijing Xiron Culture Group Co., Ltd.
Published by arrangement with Curtis Brown Ltd. through Bardon-Chinese Media Agency
All rights reserved

出 版 人：张 懿
责任编辑：欧阳佳子
特约监制：何 寅
特约策划：魏 凡
特约编辑：胡瑞婷
技术编辑：薛伟民 林佳莹
装帧设计：山川制作@Cincel
封面插图：paco
版权支持：高 蕙 侯瑞雪
营销支持：胡 刚

书 名	心动之吻	
	XIN DONG ZHI WEN	
出版发行	花城出版社	
	（广州市环市东路水荫路 11 号）	
经 销	全国新华书店	
印 刷	河北鹏润印刷有限公司	
地 址	河北省沧州市肃宁县工业聚集区	
开 本	880 毫米 ×1230 毫米 32 开	
印 张	9.5 2 插页	
字 数	145,000 字	
版 次	2021 年 12 月第 1 版 2022 年 6 月 2 次印刷	
定 价	55.00 元	

购书热线：020-37604658 37602954
欢迎登录花城出版社网站：http://www.fcph.com.cn

献给《怦然心动》的粉丝

尤其是那些曾写信给我的人

I

秘密曝光

我的名字叫伊万杰琳·比安卡·洛根，我是一个接吻狂。

我也并不一直都是这样，就在不久前我还几乎没有任何接吻经验。但事情总是变化得如此之快，以至于一个在十六岁时几乎没有任何亲吻经历的人，进入十七岁后，居然变成一个接吻狂。

一切都开始于一次大扫除。

至少在我回想起来是这样的。

妈妈告诉我："伊万杰琳，我真的需要有人来帮我收拾一下屋子。"那天她看起来如此憔悴，而我除了家庭作业以外，大量时间几乎都浪费在一遍遍刷那些老唱片上，可以说是无所事事，尤其是跟她工作的时间相比。

于是那天放学后我就着手打扫屋子。房子里就我一个人，因为妈妈从早上十一点到晚上八点都在值班。我偏好节奏布鲁斯和经典摇滚一类的音乐——这估计是我还在妈妈肚子里的时候被这类音乐长期轰炸过的缘故。我挑了一张史密斯飞船①的精选专辑，把音量调到最大。

---

① 史密斯飞船，Aerosmith，美国摇滚乐团，20世纪70年代最受欢迎的摇滚乐团之一。

在播放到《老妈家族》《持续做梦》《老调旧舞》和《枯萎的季节》时，我把厨房打扫得一尘不染，我又哼着《走这条路》和《甜蜜心情》将卫生间弄干净，最后又在《最后的小孩》和《重整旗鼓》两首歌中打扫了卧室。

在《花花公子（像个女人一样）》这首歌时，我终于开始最重要的项目——满屋子扫荡需要清洗的衣物。

在洛根小姐家，要清洗的东西通常都不在脏衣篮里，而是躺在地板上，搭在椅子上，揾在各种箱子和篮子里……反正被我和我妈丢得到处都是。在我的摇滚王国里，我开始在那些过去从未看过的地方翻找，像是柜子底下的地板上，被我妈用来当作梳妆台的几个大包装盒的前前后后，还有她的床底下，正是在这里我发现了一只灰扑扑的短袜和一整摞的藏书。

这些书籍并不是杂七杂八，没有主题。

而都是一些言情小说。

一开始我看到封面时愣在那里。我过去在商店看到过这类书籍，但这类书对我来说看起来简直蠢到家又没有营养，我不想让人看到我在看这类蠢书。

但现在有这么一整摞的"蠢书"摆在我面前，只是我不需要担心会有其他人知道。

于是在播放《天使》这首歌时，我就拿起来看了！

我先扫了一下封面，然后开始阅读背后的内容简介。史密斯飞船不再唱了，不过我都没有注意到。我迅速翻着这些书籍，时不时被那些华丽到夸张又可笑的句子弄得捧腹大笑，我全程吊着下巴，读完那些关于一个长了一张棱角分明的脸的霸道总裁，如何跟一个哭起来梨花带雨的女人"一见钟情后爱得死去活来"的细节。

我没法相信自己的眼睛，更没法相信这是我妈妈的书！当我吃力地啃我那头脑错乱的文学老师布置的《最后的莫西干人》和《红色英勇勋章》时，我的老妈，瑞德女士，在读一些袒胸露背的男人和一些令人神魂颠倒的女人的故事？瑞德女士大可以有更好的文学选择，而且我毫无疑问可以帮到她。

但我每放下一本书，就立马拿起另一本来翻，就这样一本又一本。我也说不上为什么。是在找更多那种"卿卿我我"的句子吗？我不这么认为；挖掘藏在老妈心底的东西？她应该不需要任何挖掘。我想估计是我还停在"我妈竟然是个言情小说迷"这件事带给我的震惊当中。

在我将一本名叫《心动之吻》的小说翻了十几页之后，奇怪的事发生了：我居然开始有点关心这本书的女主角——黛利拉。

我又顺着中间部分读了几页，但我没跟上为何黛利拉落得这步田地，就重新翻到开头部分慢慢看。

时间在不知不觉中过去，我完全被故事情节带走，沉浸在浪漫、心动、期待和爱的旋涡之中。这些事物在我真实的生活中正在逐渐消失，在长达六个月的时光中，目睹父母的婚姻一步步坍塌之后，我发现很难再去相信真爱。

不过在这本书的字里行间，我父母的问题消失了，只有黛利拉和她的英雄，格雷森——这个男人的吻将治好黛利拉的心痛，让她重获新生。

这样一看，感觉真爱还是有可能的。

一个吻——一个真正的吻——或许能够征服一切！

于是我就继续读下去，津津有味，直到妈妈在门口叮当作响的动静把我带回现实。

差点就被逮个正着！

我太过慌乱，以至于没意识到她才是被逮到的那个人。我把她的书塞回床底下，带着那本《心动之吻》逃回自己的房间里。

2

模式切换

在接下来的几个月里，我读遍了压在妈妈床底下的每一本书，其中还包括一本关于如何发掘自己潜力的自助手册，以及一本名为《行动起来》的书，指导人如何管理好自己的生活。（毫无疑问，她是希望通过这些书，帮自己忘掉我那背叛了她的老爸。）

但只有《心动之吻》让我一次次回顾。我读了一遍又一遍。相比之下，其他的几本言情小说内容完全没什么逻辑可言，没有一点真实感。就好比是流行乐和摇滚乐，有人喜欢流行乐洗脑的旋律，但对于我来说那就是一些花里胡哨的东西。这种音乐背后没一点内容。我还是喜欢时不时来点真实又抓心挠肺的布鲁斯或者摇滚乐。

《心动之吻》里的描写并不真实，但是的确扣人心弦。可以感觉那一吻是如此地狂热！我在夜里梦到过关于这一幕的各种情节，有那么几个早上，我走在路上时，还沉浸在这一令人窒息的完美之吻中。

有时我虽然全醒着，但思绪却不在现实中。

但那只是一个梦而已。

不过是一个浪漫的幻想。

有一天早上，我在厨房桌子上发现一本书，在一个空碗的旁边——那个碗告诉我有人在深夜里，坐在这边大吃巧克力冰激凌。那本书被展开，立在桌子上，标题是《开启更好的人生》。

我像往常一样开始吃早餐（通常是麦片粥，不过今天是燕麦），顺便翻了一下那本书。那本书的章节题目都是一些"重新规划你的人生！""就是现在！""未来掌握在你的手中！""做最好的自己！""直面困难、正面出击！""你还在犹豫什么？""切换模式！"以及"四步走，做你所想！"，诸如此类。

四步走，做我所想？

这我得看一下。

在一大堆有的没的名人轶事和总结陈词之后，作者终于提出了第一条：

想清楚你的梦想是什么？

好的。

我给自己倒了第二碗燕麦粥，开始思考我想要的是什么：

我想要爱！像格雷森和黛利拉之间的那种爱。

但我觉得有什么东西不对劲。这似乎太沉重、太严肃了。

我吃了一口燕麦粥，就在我咀嚼的时候，格雷森亲吻黛利拉的画面突然闪过我的脑海。

就这个！

就这个吻！

我想要我自己的"心动之吻"！

我又继续翻那本书，找到第二个步骤，很简单：

说出你的梦想。

"我要一个心动之吻！"我小声在安静的厨房里喊了一声，感觉自己蠢得冒泡。

第三步：在脑海中幻想你的梦想。

我闭上眼睛，把自己想象成黛利拉，幻想格雷森把我搂在怀里，含情脉脉地看着我的眼睛，然后他的嘴巴慢慢落在我的嘴巴上，他的嘴唇轻轻擦过我的嘴唇，温暖柔软，又充满激情……

就是这样！我完全可以想象它！

我浑身一激灵，赶紧翻了一页，第四步是：

追求你的梦想！

我应该怎么做呢？

整本书对此给出的解释是："直面、相信、追求！"

我禁不住哼了一声，又"啪"一声合上那本书。坑人！

这时我才注意到厨房里的钟。

7:30?

认真的吗？

我立马起身在屋子里收拾好去学校需要带的东西，尽管不经意间发出一些叮叮咣咣的响声，但我最后还是没吵醒妈妈就成功溜出了门。

我匆匆忙忙往学校赶，一路上，我脚底的拖鞋欢快地打着节拍，似乎是让我踩着点来"开启更好的人生"。

说出你的梦想！

幻想你的梦想！

追求你的梦想！

抑扬顿挫、朗朗上口，仿佛一首大合唱。

说出你的梦想！

幻想你的梦想！

追求你的梦想！

就在这个声音在我脑海中重复时，我突然意识到爸妈的分开这件事一直都占据着我的生活。我上一次幻想自己的感情生活是什么时候？

说出你的梦想！

看见你的梦想！

追求你的梦想！

或许事情就是这么简单。我可以过好我自己的生活！走出他们的乌云！找点有意思的事！

说出你的梦想！

"我要最深情、最心动的一吻！"我对着天空喊道。

幻想你的梦想！

我在一个十字路口开心地旋转跳起舞来，满脑子幻想着我那风度翩翩的格雷森。

追求你的梦想！

我冲进拉克蒙特高中校园。我的人生即将迎来改变。

3

艾德丽安·薇鲁

我几乎是一条线似的穿过了校园——先飞速走过门口的平台，然后歪歪斜斜又匆匆忙忙穿过水泥做的午餐桌和几处零零散散的草坪——最后到达我朋友，艾德丽安·薇鲁身边。她已经坐在属于我们的那座花槽边上，整理她的资料夹。

我三步并作两步跳到她身边："我今天早上有重大进展！"

"真的吗？"她说，随之"啪嗒"一声合上她的资料夹，"说来听听？"

"我决定不再让自己夹在爸妈之间的破事中，我要开启自己的生活。"

她抬头看着我，眨了眨眼，然后一边惊呼，一边从花槽边跳起来。"我就说嘛，这是迟早的事！"

"你知道我今年错过多少了吗？我没有去打排球，我也没有跟着校车去迎接新生……我唯一做的事就是每天活在他们的阴影下，然后没日没夜地学习。"

艾德丽安兴奋地跳起来，但又停下来，我顺着她的眼睛向校园外看去。

是塔提亚娜·菲利普斯。

"那不是她的错，"我小声跟她说，"那是她妈妈和我爸爸的事，我不应该让这件事阻碍我。"

"阻碍你打排球吗？"她用她标志性的眯眯眼看着我。"那种情况下没有人会有心情打排球！"她哼了一声，"她妈妈和你爸爸坐在一起玩游戏的事吗？别傻了。"

我低下头。艾德丽安有一种可怕的能力可以直戳你痛处。

上课铃响了。"问题在于，"我坚定地说，"我已经不想再让这件事继续毁掉我的生活。我要找一些开心的事，切换一下生活模式。"

"你需要什么？"

我笑起来，伸开手臂，看了看我那印了约翰·列侬①的"Imagine"的肥大T恤，和那条磨得破破烂烂的牛仔裤，"我需要收拾一下！"我盯着她的眼睛说，"你要帮助我。"

她收起她的东西。"在所不辞，"她说，"你知道的，赴汤蹈火，在所不辞。"

然后她给了我一个紧紧的拥抱，我们便赶忙去上第一节课。

---

① 约翰·列侬，John Lennon，英国摇滚乐队——披头士（The Beatles）主唱。

4

罗比·马歇尔

在过去两年我尽可能不去关注罗比·马歇尔。他的的确确是个帅哥，但这正是我忽视他的原因。

像他这种人还需要多一个女孩子来围着他犯花痴？

我们俩在过去关系还是很不错的，但那得回到中学的时候，回到他还没有这么聪明，还没有长成现在的罗比·马歇尔——一个帅气的运动员的时候。

所以在第一节课，所有的女生都忙着关注罗比·马歇尔的肱二头肌，但我更关注弗里德曼女士的数学课。弗里德曼女士真心有一手，她讲话清楚准确，没有人敢在她的课堂上睡觉——她一天的内容就要多于其他老师一周的内容。如果你不专注，那就等着期末考试的时候跟好成绩说拜拜吧。

数学课之后，我就继续其他的早课，重复一如既往的学习模式。但在第三节课，有那么一刻我突然意识到自己正在重复过去一年所做的事：认真上课，记笔记，抢先完成家庭作业。从没考虑过开心与否。这可完全不是我想要的生活！

于是等第三节课快结束，我做了一件过去从没做过的事——早早收拾好自己的包，在下课铃刚刚响起那一刻，匆匆忙忙跑出教室。

很显然我完全就是笨手笨脚，冲出教室时，我不仅磕到了自己的手腕，还在有人路过时重重摔了一下门。

而这个人恰好又是……罗比·马歇尔。

"抱歉！"我说，脸涨得通红。

"没事。"他回答说。

他冲我笑了笑。

光影在他唇边闪烁，当他盯着我的时候，眼睛散发出无尽的温柔，阳光氤氲在空气里，细细穿过他梳得整整齐齐的头发。

然后他就离开了。

就在那一瞬间，我仿佛知道自己要的是什么了。

我有了一个方向。

我跌跌撞撞走到第四节课的教室里，气喘吁吁，又心不在焉。一瞬间我眼前全是罗比·马歇尔的脸。

那天在瑞德女士的"美国文学"课堂上，我全程都在幻想罗比·马歇尔。

他的眼睛。

他的微笑。

他的嘴唇。

我心思完全没能投到课堂上，没检查瑞德女士用红字给我的作文做的评论。在课堂结束的时候，我跟我校最帅气的运动员的这次碰撞，跟我要开始新生活的念头撞出了激烈璀璨的火花。

一切都再清楚不过了。

我要罗比·马歇尔的吻。

5

新态度

午饭期间当我告诉艾德丽安我想做什么时，她还是用她标志性的眯眯眼看着我："罗比·马歇尔？你是中了什么风，想着亲罗比·马歇尔？"

"嘘——"我把她拽到我们的花槽边上，检查了一下周围有没有人旁听，"听着，我已经有把握……"

"你当然有把握！他刚刚跟桑笙分手，而且可能你还不知道，桑笙并没有要跟他结束的意思！"艾德丽安小声说，"再加上杰思敏·赫纳德追他追得要死，妮可拉·布鲁玛还想跟他复合。"

"所以呢？"

"所以呢？伊万杰琳……你知道我爱你，你既幽默又有想法，对朋友忠诚，还很聪明……当然，也很好看吧。"她欠了欠身子，"但是什么时候你觉得自己可以跟桑笙、杰思敏还有妮可拉这些人竞争了？"

我瞪她一眼："谢谢您给我加油打气！"

"伊万杰琳，现实点！"她那双眼睛眯得更厉害了，"为什么非得是他啊？"

　　我耸了耸肩："因为他很帅啊，而且，很有经验嘛。"我挑起眉毛看着她，"没经验的人可来不了那心动的一吻。"

　　"心动之吻？……你是说那本书？你还没从那本书里走出来呢？"

　　我低下头，又耸了耸肩。"我就是想要一些开心的事，好吗？我正试着开启自己想要的生活。"我低着头瞟她，"你不是说要帮助我，说什么赴汤蹈火、在所不辞的吗？"

　　她咬着嘴唇上下打量我，我像小狗一样可怜巴巴地望着她："好不好吗？"

　　"好了，好了。"她笑着说，"我可以帮你，那你有什么计划吗？"

　　我冲她笑了笑，高兴地把她拉到我这边："我的确需要一副全新的形象。"

　　她看了看我的衣服，点了点头："具体是指哪一部分，有想法吗？"

　　"最好是能体现我的新生活态度。"

　　"你是说衣服、妆，还是头发？"

　　"都要。你今天放学要做什么？"

　　她皱起眉头："今天？我得去合唱团排练到下午五点。"

　　"那结束后你能来吗？"

　　她顿了一下："当然，怎么不能了？"

　　我抱住她："你最好了！"

6

改、改、改，改变

回到家后，我完全没法静下心来学习。我在回家路上从药妆店买了一瓶染发剂，就把数学课本丢到一边，开始研究使用说明。然后站在镜子前，开始思考我要染多少才合适。过去的我已经不复存在，现在的我正在内心狂喊："抓住机会！来个彻底的改变！"

我溜去翻妈妈的衣柜，看看有没有适合我的新衣服。她的衣柜比我的要酷得多。

我看了一下时间，已经五点三十分了。

艾德丽安怎么还没到？

五分钟后电话响了，我接起来时，艾德丽安说："我很抱歉。我妈妈说做了一些千层饼，她一定要我立马回家。我们明天再弄，可以吗？"

我回答她："没问题。"但挂了电话后，我决定自己动手。我一整个下午都等着改变自己，一分钟都不想再等！

我翻出剪刀，转了一张大卫·鲍伊[1]的唱片，然后开始剪头发。

---

[1] 大卫·鲍伊，David Bowie，英国摇滚乐手，20世纪70年代华丽摇滚乐代表人。

我还是挺擅长剪头发的，因为我一直都在帮艾德丽安修刘海儿，我也给她哥哥布罗迪剪过头发。现在可以说是相当有经验了，连我妈妈都让我时不时帮她剪头发。剪头发也是遵循一定的几何原理……不过，当你对着镜子给自己剪头发，就会多多少少有点搞笑，你得想办法让剪刀往正确的方向走。

我一般让头发保持干燥，这可能不是最好的办法，但对我来说这样更能够看清楚效果。而且过去我一般是稍微修剪一下，但这次我在不痛不痒地修了几下之后，就开始把大卫·鲍伊《改变》那首歌的精神倾注到剪刀里。

我深吸一口气，然后大刀阔斧地弄起来。

在播放《女权之城》《吉基星团》《让·热内》，还有《反抗、反抗》这几首歌的时候，我剪了几个层次出来。我又整体剪短了一些，给自己留了个长长的斜刘海儿，然后把脖颈处的头发弄得蓬松一点。这个造型一看就得搭配大号的圆圈耳环、眼影以及酷酷的马丁靴！

改、改、改，改变！

我觉得可以！

当我正在调染发膏的时候，妈妈打电话过来："伊万杰琳，亲爱的，你介意今晚收拾一下地毯吗？我今天早上没来得及处理，但的确得处理一下。"她听起来很累，跟平时一样，不过这次我感觉不错，没被她扫兴。

"当然可以！"我开心地回答她，"还有其他的要处理吗？"

她犹豫了一下，然后说："谢谢你，我只需要这个，不过，如果你愿意，也可以清理一下洒在冰箱里的橙汁。"

"这就去做！"

我挂断电话，然后继续忙活染头发的事。

大卫·鲍伊唱到《灰飞烟灭》《时尚》和《压迫之下》。

我也跟着哼哼。

我定了时间，当这些浓烈的化学物质一层层漂染我的头发时，我用吸尘器一边清理了地毯上的面包屑和绒毛，还有估计攒了一个月的灰尘，一边继续跟着大卫·鲍伊哼《一起跳舞吧》。

我把吸尘器放下时，爸爸打电话过来。

"你怎么样啊？"他问。

听着像是担心我还没走出他们那片乌云。

我本想说："从没有这么好过！我要忙了。"但从我口中跑出来的却是过去每次爸爸想要跟我谈话时我说的内容，"对不起，您拨叫的用户为空号。请挂断，'不要'再试。"

我挂断电话时，闹钟响了。

我把唱片机的声音调到最大——音乐放到《街头蹦迪》，然后去卫生间清洗头发。

7

紧急情况

第二天看到我时，艾德丽安几乎晕倒："谁给你弄的头发？你穿的是谁的牛仔裤？我喜欢你的眼线！你今天也太好看了吧！"

"我自己弄的。"我转过身背对着她，"后面看起来怎么样？"

她用指尖拨了一下我的头发："后面也是完美！你怎么做到的？"

"就那么一弄。"

"开玩笑的吧！"

"你想我给你也弄一个吗？"

"哇哦，"她看起来有点惊恐，"或许可以……"

整蛊大王斯图·提拉尔德——我们也叫他"斯图氏"，刚好路过，他盯着我看了一会儿，夸张地打量着我，老半天才回过神："伊万杰琳！"他用手指着我，瘪着嘴，"嘶嘶嘶嘶嘶……"

我摆了个酷酷的样子，但等他走后立马咯咯地笑出声。

"斯图·提拉尔德是说你今天很正！"艾德丽安悄声说，她眼睛睁得老大，不住地摇头，嘴里不停地念叨着，"哇哦、哇哦、哇哦、哇……哦……"

"好了，"我说，尽可能按捺住我内心泛起的泡泡，"我们有一个前途非常光明的开始！"

不幸的是，这个光明的开始在第一节课的时候就暗淡了下来。

罗比·马歇尔一点也没有注意到我身上的变化。

没错。

他完全没有看我。

当然这也有可能是他在过去也没有关注过我，或者说，因为今天是星期四。

校园里的每一个女生都知道——事实上男生也知道，但他们估计也不会承认，每个周二和周四，罗比·马歇尔的胳膊就完全是一幅雕塑作品。

这也不是说在平时就不是，而是周二和周四的早上他都会疯狂锻炼，然后他的肱二头肌就开始肿胀，肱三头肌几乎要裂开，他的前臂完全就是漫威超级英雄的大锤。

而且一般情况下，他刚锻炼时的那阵劲儿还没冷却，第一堂数学课就是欣赏罗比·马歇尔那双胳膊的最好时间。小背心、T恤或者紧身衣……他一般都会穿得非常少。

所以也许他没有注意到我是因为每一个人都在忙着看他，或者是因为他是最后一分钟才坐到自己的座位上，而坐在我跟他之间的桑德拉·赫莱纳堵住了他的视线。

无论是什么情况，当弗里德曼女士喊道"把作业往左边传！"，我接过肯尼·埃尔特默的作业，把自己的传给桑德拉·赫莱纳（这姑娘还没有从刚刚把自己的作业交给罗比·马歇尔时，几乎跟他近身接触的刺激中醒过来），然后又投入课堂中。在弗里德曼女士公布答案、复习出现的问题，并开始讲解新的章节时，我几乎忘记了自己身上的变化。

下课铃响起，我还在收拾自己的文件夹，罗比起身走出教室门。

"我喜欢你的新造型。"莱茜·埃格伯特走过我的桌子时说。

"多谢！"我说着，把自己的文件夹塞进书包里。

万万没想到罗比·马歇尔这时突然转过身，空气一下子凝固住，他看起来是忘记了自己的夹克衫。

在忽略他这么多年之后，我在那一刻唯一关心的就是他。他一把从椅背上抓起自己的夹克衫，然后在穿上时突然注意到我。

他犹豫了那么几秒钟，一只胳膊套着，另一只还露在外面，在套上另一只袖子时，他用他那钻石星尘般的笑容冲我笑了。

就在那一瞬间，我也冲他笑了一下。

然后我的书包就翻了个底朝天，里面的东西全部撒在地板上。

8

征服

接下来的两周，艾德丽安想尽各种办法来制造我跟罗比·马歇尔的"偶遇"。她早早侦察清楚罗比·马歇尔在课间去小吃摊的路线，然后狡猾地走到几个人后面，大喊"伊万杰琳"，然后使劲冲我挥手让我去她那边。

她为《拉克蒙特时报》采访他，当我"偶然"路过时，她指着我，有模有样地跟他讲学校里有多少男生喜欢我，一个劲儿地夸我新造型多么多么好看。

她一边拖着我，一边大剌剌地走向罗比·马歇尔吃午餐的花槽边，把最新的《拉克蒙特时报》递给他供他阅读。

"嗨，伊万杰琳！"他跟我打招呼，阳光下的他，全身散发着钻石般的光芒。

"嗨！"我回他，然后不知怎的，吞吞吐吐站在一株蒲公英的旁边。

无论再怎么笨手笨脚，我都是被他注意到了。而为了这一刻，我已经等很久了。看着我日思夜想的人，他也看着我，为了这一刻我已经准备了足足两个星期。我还需要做什么才能让我们的关系更进一步呢？

星期三的晚上，我翻遍了妈妈所有装衣服的盒子，发现了一件非常不错的滚石乐队的T恤。那是一件淡粉色的T恤，印着滚石乐队标志性的大嘴唇和长舌头，低圆领和斜短袖——正是我喜欢的样子。

然后，我又扫荡了她的首饰盒，发现一副大耳环和一串手链。

还有她的香水（装在卫生间洗手台下的一个旧鞋盒里）！我试了每一款香水，从"心花怒放"到"白色钻石"，最后挑了一款十分精致的淡香水。

最后一件事就是化妆。我一直都穿得十分低调，但我觉得是时候来点更艳一些的色号了，更浓的睫毛膏，还有更宽、更大胆的眼影。

我把所有东西都藏在我的衣柜里，第二天早上我彻头彻尾地打扮一番后溜出家门，准备开启我的新生活！

罗比还是跟往常一样在铃声响起那一刻冲到自己的座位上，而且，那天是星期四，女生们都盯着他肿胀的胳膊犯花痴。

我呢，就一边削铅笔，然后不紧不慢地回到座位，一边小心翼翼地避开罗比——同时避开两边的桌椅板凳，保持优雅冷酷。

弗里德曼女士点了名之后，让我们把作业传给左边的人，我接过肯尼·埃尔特默的作业，然后转过身时发现罗比·马歇尔正盯着我。

桑德拉·赫莱纳今天没来上课，没有人挡在我跟罗比·马歇尔之间。这是天意啊！这是老天要让我迅速开启我的新生活。

有那么一瞬间我们都抓着我的作业，四目相对。他长长呼出一口气"哇哦"，我的脸一下子就红透了，迅速转过身。但在上课时我又忍不住一直偷瞄他，我也注意到弗里德曼女士在黑板上讲解题目时，他在不停地偷瞄我。

下课铃响起，我在背上书包前，再三确认书包拉链已经拉上，然后掐着时间跟他一起走出教室门。我冲他笑了笑，尽可能让自己看起来更自信、更酷一些，但实际上我的膝盖在止不住地发软。

"你看起来不错。"他轻声说。

"真的吗？"我回答说，心脏怦怦怦跳动，"有多好？"

"非常——不错。"他说。

我们在教室里隔了一段距离，所以我往他那边挪了挪，笑着说："有好到让你想吻我吗？"

在我完全说完这句话之前，罗比·马歇尔迅速扫了一下周围，然后一把把我拉到他身边，用他的那副强壮的胳膊搂住我。

黛利拉和格雷森第一次接吻时被泡泡包围的画面闪过我的脑海，我注视着罗比的嘴唇，期待它们即将落在我的唇上。

我的下巴被顶起。

对，就是这样！

我把双眼微微闭上。

我就在我所期待的梦里！

我轻轻噘起嘴唇。

全身颤动——感觉简直不可思议！

然后罗比突然吻上来，我发誓他那钻石一样硬的牙齿几乎碰断我的牙齿！当我还沉浸在震惊中时，罗比伸出他的舌头往我嘴巴里钻，这让我几乎窒息!

　　"嗯啊——"罗比放开我时喘着粗气,"呃,嗯……"然后他用手背抹了一把嘴,冲出了教室。

9

风波之后

去上第二节课的路上，我走到水池边一次又一次冲洗嘴巴。我感觉黏糊糊的，感到恶心。

这个吻一点都不深情火辣。

连兴奋都谈不上。

我甚至都怀疑这算不算是一个吻。

感觉更像是在跟一条咸鱼嘴对嘴！

溜到座位上的时候，我还在恍惚。即使是在平时，我也很难全身心投入安德森先生的《中国历史》课中——他绝不是那种可以把历史讲得有意思的老师，现在经历了这个"咸鱼事件"之后，我就更不可能将注意力集中到课堂上。我所有的心思都在这个吻上。

罗比也是这样吻桑笙·霍尔登的吗？

如果是的话，他有没有……做一些其他的事？

我全身打了个哆嗦，试着让自己投入安德森先生的课上……"不过在公元960年，一个新的朝代，宋朝，逐渐统一中国。宋朝后来又因为无力抵御游牧民族的入侵，而不得不放弃其北方疆土，最终被分成两个部分……"

我的思绪完全不在这里。

人们都是这样接吻的吗？

黛利拉和格雷森仅仅存在于小说中？

我是在一个满是咸鱼的海洋里游泳吗？

没有鲨鱼吗？

大马哈鱼呢？

我究竟在想要什么？

小古比鱼？

"洛根同学？"

我猛地缓过神，回了一句："哈？"

"你的注意力应该放在这里！"安德森先生喊了一句。

于是我便转过身盯着他，但发现在他的课堂上集中注意力是完全不可能的。我反而开始思考安德森先生有五个孩子这件事就是一个奇迹。这人可以说是几乎没有嘴唇，头发也掉光——这是重点，无论如何也谈不上性感！他是如何跟一个女人亲近，最后还生下五个小孩的？

当第二堂课终于结束后，我冲出教室，狂奔着去找艾德丽安。我想立马告诉她我跟罗比·马歇尔的事！

但是在中学生这片海域里，流言传开的速度有着你想象不到的迅速和劲爆。艾德丽安已经知道了。

"是真的吗？"她惊讶地看着我，"他真的亲了你？"

我点了点头，又拉下脸："是的，但我只感觉到恶心。"

"什么？恶心？怎么会恶心呢？"她眯着眼看着我，"我要听细节！"

但穿过她的肩膀，我能看到关于细节的事得等会儿再说了：

桑笙·霍尔德正一阵风一样穿过校园。

直直往我这边走来。

IO

"阳光洒在肩上"

"你知道你在做什么吗？"她质问道。

"呃……吃早餐？"

她推了一下我的肩膀："贱人！"

"哎！"艾德丽安喊了一句，放下她的书包，往前站了一步。

"冷静点，桑笙，"我说，"一切都好好的！"

"哪里好了！你怎么敢亲我男朋友？"

"你男朋友？"艾德丽安问道，坚守着她的阵地，"你在说什么梦话？你们几周前就分手了吧！"

"是吗？但我们昨晚就复合了！"

艾德丽安跟我四目相对，嗯了一声，然后艾德丽安说："噢，那你不应该去问罗比·马歇尔吗？"她用下巴朝我这边点了点，"显然她并不知道。"

桑笙并没有理会艾德丽安，又推了一下我："你究竟是中了什么邪，贴上门去亲他？我知道你是出了名的聪明，但在这件事上你完全就是垃圾塞满了脑袋！"

我选择不去评论她以什么"出名"。"呃……不是那么一回事，桑笙，"我往后退了一步，"我并没有贴上门，好吗？"

"哦，搞得像我注意不到你一直缠着他似的！"

缠着他？

我再也忍不下去："听着，我没有兴趣夹在你们两个之间。他现在全部归你了！"

"完全正确！"她说，"下次如果再让我看到你敢靠近他，那你就彻底死定了！"

上课铃打断了我们"愉快的"谈话。桑笙卷着风走了，艾德丽安喃喃地说道："哇哦，这可真够劲爆！"

一直如此。桑笙过去一直都是一副趾高气扬、高高在上的样子，我从没想过她也是那种会跟人撕的人，今天她确实是给我露了两手。我摇摇头："这真是惊险一吻，我认为这不是一个好的开始！"

艾德丽安收起她的东西，开始从我这边撤退："我今天不能迟到，午餐期间我还有一个合唱团的排练，但是放学后我就彻底闲下来了。到时候你能来找我吗？你一定得来！我还不知道究竟发生了什么呢！"

"当然可以！"

"到时候我在布罗迪的车上等你！"她喊了一句。

"那边见！"我回复她，跟她挥了挥手，然后跑去上第三节课。

II

薇鲁式谈话

我跟艾德丽安都已经拿到驾照,但我们很少有开车的机会。我妈妈和我是完全不同的作息安排,所以车子一直被她霸占着,当然这也无可厚非,因为车子本来就是她的。爸爸曾答应我在我十六岁的时候给我买一辆车,但最后也泡汤了。因为他就是个脑子有问题的大骗子。而艾德丽安的父母就靠她哥哥布罗迪的那辆小皮卡上下班。

布罗迪是那种勤奋努力又很会持家过日子的人,他从不购买机器里打出来的可乐,因为他觉得那就是个坑。他一般会把钱存起来然后一次性花在像车子这样的大物件上,然后又开始慢慢存钱。

而我的生活理念就是有多少花多少,喝冰镇可乐,享受每一天。

当然了,我也就不可能有一辆车。

艾德丽安和我一直叫布罗迪的那辆车为雪佛兰,因为它很宽,底盘又低,车身又是烂番茄色。事实上,那是一辆老式的GMC,但我们还是喊它为雪佛兰,这让布罗迪抓狂,但我们就喜欢看布罗迪·薇鲁抓狂的样子!他就像是父母忘了给我的哥哥一样,而且除了很会存钱过日子,他还是个实打实的学霸,不像我,对他来说考试得A似乎易如反掌。他喜欢物理，而且从来没有得过B。

他也从来没有交过女朋友，也没有跟谁约过会——尽管我跟艾德丽安拼了命给他安排。我不认为他喜欢男生，不过他真的喜欢男生的话，那也无所谓。

"嘿，哥们儿！"我在停车场看到他，跟他打招呼，"怎么样？"

"快进来吧！"他说，眼珠子滴溜溜转动。

我迅速跳上车，穿过破旧的座套，坐到我平时坐的中间位置，艾德丽安飞一般冲到我后面，"詹姆斯·马乔①的《家》！"她跟布罗迪喊了一声，然后抓住我的胳膊报道起来，"学校里的流言都传疯了！"

"我还什么都没听到呢！"我若无其事地说道，把音量调大，然后回到我最钟爱的座位上。

当尼尔·扬②的《像风一样》从音响里飘出来时，布罗迪遇到一群逃课的中学生。"我也没有听到。"他说。

艾德丽安凑过去，调换频道，咕咕哝哝说："这都什么歌？"布罗迪阻止她说："至少先放来听听嘛！"

"对啊，合唱团小姐姐，"我笑着说，"听听看嘛！"

艾德丽安翻了个白眼，目光锁定布罗迪："不过，你好像还没有对伊万杰琳的新造型发表一下看法呢！"

"啊？"他忙着开车，匆匆瞥了我一眼，"看起来还不错啊！"

布罗迪对时尚确实一窍不通。他跟艾德丽安都有专门的买衣服的零

---

① 詹姆斯·马乔，James Major，欧美男歌手。
② 尼尔·扬，Neil Young，加拿大民谣歌手。

用钱，但他似乎从来就没买过什么新衣服，只是在他那堆旧T恤之间换来换去。但是，我没法接受"还好"这样的评价！"别犯傻，哥们儿，我跟水银一样亮闪闪的好嘛！"

我不知道为什么我要说水银，但这对布罗迪来说，这可能是他听过最搞笑的事。一路上他都在咯咯咯地笑个没完。也许我是觉得在一堆激烈的化学物质中，水银被认为是最具有腐蚀性的物质。我说不上。

当我跟艾德丽安最终安全到达她的房间里时，她把她的书包丢到一边，重重地瘫在椅子上，一字一句地说："我要听每一个细节！快告诉我你跟罗比发生了什么！"

然后我开始跟她报告。当我描述那个"吻"的时候，她的脸因为嫌弃拧巴成一团："咦……"

"的确如此。"

"哇哦，"几分钟后她说，"太令人失望了！"然后又从震惊中缓了一会儿之后，她盯着我的滚石短袖，"也许是这个让他误解了。"

我低头看了看T恤上那张巨大的嘴唇和舌头："没有一个男生的吻是以女生的T恤作为参考对象的！他摆明了是一个糟糕的接吻对象。"

她摇了摇头。"太失望了。"然后她又来了精神，"但是，伊万杰琳，再想想看！你做到了啊！罗比·马歇尔吻了你，这还是……有点……疯狂的不是？"

"他几乎把我摧残，"我嘟嘟囔囔抱怨，不过她说得对——这还是挺梦幻的，我笑了笑，"好在这是一场灾难，否则我就要面临真正的麻烦了。"

"是因为桑笙？"

"嗯。"

她也笑起来，然后问："那接下来该怎么办呢？"

我躺在她的床上。"我也不清楚。"我抱住一个枕头，用一只胳膊支着自己，"怎么才能知道一个男生是不是真的在跟你'心动之吻'呢？"

她皱起眉头："好了，先打住，你的'心动之吻'到底是什么？"

我得意扬扬地对她说："如果你读那本书，你就会了解了。"

她不屑地哼了一声，翻了个白眼。

"看吧，你还一直不当回事，不过相信我，你绝对也会想要那'心动之吻'。"

她打量了我一会儿，然后说："好吧，我会去读的。"

我坐起来："真的吗？"

"嗯……"

我抓起我的书包，拉开最前面的那个小包。

"你还随身带着这本书？"

我笑了笑把书拿出来。页面都已经卷曲，封面破了好几块。"小心拿着！"

她窃窃地笑了笑："好的！"

"我是认真的！"

她笑起来："你真是神志不清楚了。"

我也笑起来，不过感觉很不错。我有一个在乎我的朋友，而且我被拉克蒙特高中最性感的男生亲了——也许过程有点尴尬。

也许这跟我梦想中的并不一样，但这种感觉跟梦想中的一模一样。

12

亲亲走廊

我完全没必要担心第二天早上见到罗比会尴尬。

因为他完全就无视我。

第一节课的时候桑笙就在门口等他，然后来了一场挽着他的手、跟他一起离开的精彩戏码。

所以说我们的分析是正确的！罗比就只是跟我嘴对嘴接触了一下。

啧、啧、啧！

还真是没心没肺。

因为我已经过了他这关，还有他那张迷人的脸，所以学校里各类八卦并没有把我怎么样。如果桑笙还能折腾出什么动静，那就算她有本事。

不过艾德丽安的那句"接下来该怎么办呢"的确是个好问题。我真的愿意再花即使几个星期去搜寻下一个目标吗？但下一个目标是谁呢？学校里一定有人可以完成我的"心动之吻"，但问题是，这个人会是谁呢？

谁又能说得上！

课间艾德丽安跟我说她并没有来得及看那本书，所以她帮不上什么忙。而且因为她在午餐的时候忙着处理校报的事，留我一个人在校园里转悠，还得面对几米外还在气呼呼的桑笙。我四处转悠，想着接吻的事。

很明显，性感的外表并不是保证。

也许是空间，接吻的地点是一个重要因素。我环顾一下四周，突然发现自己正被几个接吻的小情侣所包围。正对着教学楼，在长凳上，在树下……一、二、三、四、五，有五对情侣在接吻。

这算什么？

亲亲走廊吗？

贾斯汀·罗德里格斯大摇大摆往我这边走，跟他的朋友布莱恩·约克和特拉维斯·昂一起，贾斯汀跟我在二年级时一起上过生物课，但关于他我唯一了解的就是他在那一整年都在为追求洛丽塔·蕾而伤神。

很明显他已经过了那个阶段，看他现在自信又神气十足的样子，尽管他那两个几乎有点猥琐的朋友显得有点拖后腿。"嗨！"他说，脸上挂着大大咧咧的笑容。

"嗨！"我回他。他大摇大摆地走过去，有那么一刻钟我们的目光是锁在一起的，然后冲彼此笑。那就是了。没有刻意的寒暄，也没有绞尽脑汁的斗嘴，就只是一个"嗨"和锁在一起的目光。就在我还为亲亲走廊兴奋不已的时候，我发现自己此刻面对的是一些好看的东西……

好看的眼睛。

好看的笑容。

好看的头发。

好看的嘴巴。

以及好看的……

在第五节化学课上，我还在想贾斯汀·罗德里格斯的好。他长得很帅，而且还很浪漫！他为洛丽塔·蕾而苦恼不已。大多数男生都不喜欢展露他们脆弱的一面，但他根本没能藏住。

是的，我决定了。算上他好看的外形和对的、合适的地点，贾斯汀·罗德里格斯绝对会是心动之吻的最佳对象！

当罗珀·哈丁的手敲在我肩膀上时，相当于一个化合键，把我带回这美好的世界。"你能听懂他在讲什么吗？"他小声说，眼睛盯着黑板上基拉伊老师画的一系列潦潦草草又复杂不已的化学分子图示。

我被化学老师浓重的匈牙利口音带走，看他用中指比画着不同的分子结构——也许在匈牙利中指可以用来指东西，但是应该有人告诉他竖中指在美国有着完全不同的含义。

"不，听不懂。"我转过肩膀小声回答。

"你绝对听得懂！"他说。

"嘘——"我小声回复。

我也试过尽量对罗珀·哈丁好一些，但那很难。他满脸痘痘，哼哼唧唧又爱发牢骚，经常跟我要纸巾，但他又臭气熏天。只有坐在罗珀·哈丁旁边你才会体验到什么叫真正的狐臭。讲真，他闻起来就像是死了好几天的尸体。

"我知道你听懂了。你这门课上得了A。"他又嘀咕。

"嘘——"我小声回他，坐在座位上往前探了探身，希望这样不仅能让我不看到他，还能减少周围狐臭的味道。

　　然后，为了能够远离罗珀·哈丁的体味，以及基拉伊老师沾满粉笔灰的"小鸡爪"，我又开始想起贾斯汀·罗德里格斯，想着如何做好准备跟他接吻。

13

先锋宝宝

从学校回家的路上，我绕了点路去先锋唱片店。那也是过去爸爸最喜欢去的地方，放学后去那边是很安全的，因为那时爸爸还在他所在的电话公司忙着处理拉网线之类的事。

这些事仿佛就在眼前。先锋唱片店就像是世界上最酷的博物馆，那边没有一件东西是新的。墙上挂着各种演唱会的T恤，贴满了专辑封面，玻璃橱柜里有签名海报和细心收藏的吉他，那边有许多个性另类的房间，房间用小珠帘隔开，到处都是这样那样的摇滚元素。我觉得我爱死这个时髦别致的地方了。破旧的地板吱吱呀呀，有一点倾斜，那边还有一个贴在地上的沙发，你可以整天都躺在那边研究滚石乐队①的历史。

"嗨，鼻涕虫。"当我推开叮叮当当的门时，店主正在放黑色安息日②的《电子葬礼》。对他来说，我一直都是那个"鼻涕虫"，自我爸爸第一次带我去那边开始，因为我一直挂着鼻涕。

"嗨，伊奇。"我回他，他灰色的头发，还有蓝色的眼眶，让他看

---

① 滚石乐队，The Rolling Stones，英国经典摇滚乐队。
② 黑色安息日，Black Sabbath，英国硬式/重金属摇滚乐队。

起来像柜台后面架子上的那些杰瑞·加西亚[1]的摇头娃娃。

"那天我在布鲁斯酒吧看到你老爸了，他的乐队还是很火，跟过去一样。"

"伊奇……"我警告他，"我们已经说过了……这样的事你自己知道就好。"

他从柜台后面走出来，走向那些装满黑胶唱片的板条箱和装满低价买入的CD的箱子："我……我只是有点怀念过去的日子……"

我四处环顾一下他的店，笑了一下，试着活跃气氛："没开玩笑吧？"

"没有，我挺在乎你和你爸爸。"

"打住！"我坚定地说，"这是我最喜欢的地方，但是如果你继续提起他，我以后就不来了。"

"知道了，知道了，"他赶忙回答，但他还是继续提，"他已经很久没有来了，"伊奇飞速拨弄着那些唱片，把那些没放好的摆弄好，"他现在估计是在网上购买唱片了吧，是吧？"

"我不知道，我也不想知道！"我差点吼出来，但一种奇怪的念头阻止了我。在先锋唱片店购买唱片将近二十年之后，爸爸也许早就开始在其他地方购买。

就像他对他二十年的婚姻所做的那样。

突然我开始同情起伊奇，抓住他的胳膊跟他说："对不起。"

他点点头："你不过是想不明白为什么。"

我轻轻哼了一声："确实。"

---

[1] 杰瑞·加西亚，美国歌手，感恩至死（Grateful Dead）乐队成员之一。

14

心灵鸡汤

我大概花了一个小时在伊奇的店里，然后在回家的路上，我决定绕道去墨菲超市看看妈妈。事实上我非常爱她。我也想念她，想念过去的那个她，开开心心的、没有跟爸爸分开时的她。

独自走在路上，我突然有了一个绝妙的想法——也许妈妈也该换个妆容好好拾掇一下！我刚好知道她的头发可以怎样打理——长长的分层，用红色挑染一下……再配一副吊坠耳环？哇哦，这毫无疑问将给她的生活带来全新的一页！或许我们还可以像过去一样在周末一起做点事，又或许她也该准备好出去走走找点乐子！

于是我便踏着轻盈的步子走进墨菲超市，急切地想要见到她。但是我在收银处绕了好几圈也没有见到她，我走到经理那边，问他："嗨，班克斯先生，我妈妈下班了吗？"

他从一堆文件中抬起头，他正在一个店员的摊位旁查看狗粮的销售记录。"伊万杰琳？"他问我，"我的天，你还没长大吗？"

我突然感到一阵羞愧，忘了自己已经改变了过去的妆容："呃……是，很正常嘛。"

他笑了笑：“不好意思，我一向不太喜欢别人问我这样的事。”

这一下子把我弄蒙了，因为我觉得没法想象。班克斯先生面颊红润、身材矮胖，腰带卡在他那圆滚滚的肚子上像围在赤道上一样，他年轻的时候是什么样子呢？

“你找你妈妈是吗？”他面带微笑说，“我很抱歉，她今天请病假，听起来状态很糟糕。”他又开始在那堆文件中翻找，“帮我转达，告诉她不要着急，好好养病，可以吗？”

“当然。”我回答说。因为不清楚妈妈是生病还是流感，或者只是纯粹想要休息一下，我买了几罐鸡肉面汤、一些果子冻和几罐饮料便冲回了家里。

我看到她躺在床上，旁边放着一盒纸巾，有几张用过的纸巾丢在另一边。“伊万杰琳，亲爱的！”她说，带着浓重的鼻音，“我很开心你终于回家了，快来这边。”她抽出一张纸巾，拍了拍床边，“你今天怎么样？快跟我讲讲，我感觉我们已经很久没有聊过天了。”

“我很好。我从班克斯先生那边得知你生病了，所以我带了一些鸡汤和果子冻……”

“你化妆了？”她打断我，“你从什么时候开始化妆的？”

“妈妈，我已经九年级了！大多数女孩在七年级就开始化妆了。”

“但是你不需要化妆，你本来就很好看。”她伸了伸脖子，“你怎么会想到开始化妆呢？”

我耸耸肩：“我不知道，就觉得想要来点改变。”

她打量了我一会儿：“我喜欢你的头发……我告诉过你，对不对？”

她的确说过。好像是，有一次我看到自己的新发型，因为震惊而哭着从浴室里冲出来的时候。

我笑了笑："事实上，我觉得我也可以帮你弄一下。"

她摇了摇头："噢，我不这么想。"

"这或许可以让你开心起来，妈妈。"我把手里的东西放在床上，"而且这会很有意思的。"我把耳垂露出来，给她指了指她的耳环，"我还用了你的耳环呢。"

她叹了口气："你戴上它们很好看，伊万杰琳。"

"你不介意吗？"

"介意？"她的眼睛突然噙满泪水，"你给我带了鸡汤和果子冻，你想用什么就用什么吧。"她擦了一把眼泪，"不过，我想先要一些鸡汤。"

当我在热鸡汤并在厨房里翻找一些苏打饼干的时候，她喊我说："你跟艾德丽安今晚准备做什么吗？"

"她今天下课后要去合唱团排练，"我回她，"我们本来想着一起，"我把头探进她的房间里，"但我现在只想跟你待在一起。"

我把鸡汤端过去，坐在床边看着她喝。她看起来这么瘦小，又这么脆弱。我脑海中闪现过无数次都是她坐在我的床边喂我喝汤，陪伴着我、看着我。

她的感觉也跟我现在一样吗？

拜托鸡汤让你感觉好一点。

快点好起来。

以及，拜托，拜托，多跟我微笑。

15

咖啡、茶，还是我

第二天早上，妈妈感觉好了一些，还跟我说想要喝星巴克的奶茶。当我主动提出可以出去帮她买一杯时，她给了我二十美元，还有车钥匙："你真是我的天使，你想要什么也点一杯吧。"

再次手握方向盘的感觉真心不错。我把车窗摇下来，调高收音机音量，享受在路上的每一分钟。那感觉真叫一个爽快。

在星巴克排队的人真是疯狂。当然这不是什么新鲜事，尤其在周六的上午时分。要不是因为这队伍，我毫无疑问是星冰乐的忠实粉丝，也是多亏了这队伍——说得好像我负担得起这一天五美元的爱好似的。

我已经养成了每天出门前化点妆的习惯。两周以后，如果没有化妆的话，我就会感觉自己看起来无精打采。

这对我来说是挺好的一件事。

因为这边有帅哥！

星巴克有各种各样的帅哥，但总体上可以分为两大类：年少轻狂型的和年轻有为型的。年少轻狂型的会紧紧盯着你但不怎么说话。当他们看我时，我会试着让自己表现得更酷更飒一些，但每每这个时候，我都会出一点状况，比如忘记丢掉我桌上的吸管和包装袋。

年少轻狂型的帅哥经常让我犯蠢。

另外，年轻有为型的通常年纪大一点——一般二十五岁左右，但他们长得好看，笑起来也很好看，而且很明显他们总是在忙活些什么事，而不是一整天都闲在咖啡馆里——不像那些轻狂型的。他们也不介意跟排队的人落落大方地聊上那么几句。

年轻有为型的帅哥给我的感觉，比我成熟而且比我聪明。

通常我都会在星巴克遇到学校里的熟人，但今天没有。今天早上只有我和这些帅哥——当然还有一些大妈，她们也是星巴克的消费主力。

站在我前面的是一个年少有为型的帅哥。

站在我后面的是两个大妈，讨论着托儿所的信息。

我旁边的座位上是一个长得像约翰尼·德普大叔样子的帅哥和他的伙伴，一大清早，无所事事地挂在那边。

约翰尼小哥盯着我贱兮兮地笑了笑，挑了挑眉毛。

我也回了他一个酷酷的笑容，也挑了挑眉毛——尽管我看起来像是在抽筋，然后跟着队伍往前走了走。

但不幸的是，队伍并没有移动，所以我踩上了前面一个事业型帅哥的脚后跟。

"哎呀！"他转过头来时我说了一句，"非常抱歉！"

"没事的。"他面带微笑说，"今天也是三份焦糖奶茶吗？"

我被他逗笑了。我们的咖啡师总会猜测并喊出我们的口味，如果看不到他们热情又欢喜的样子，人就会觉得讨厌了。不过我暗自吸了一口气，当我细细打量这个帅哥的脸庞时，发现他有着棱角分明的下巴，左脸颊有一个酒窝，在他又长又黑的睫毛下是一双温情脉脉的眼睛。

除了他的衣服，他完全就是《心动之吻》里格雷森会有的样子。

听他说话的时候我尽量不让自己犯花痴。我也试着跟他打趣，但我的那些点似乎来得太迟，当我们跟着队伍往前移动的时候，又退到我的脑海中。

他点了双份拿铁，在咖啡师帮我装咖啡时，我看着他在放糖的吧台将咖啡细细包好。完全忘了贾斯汀·罗德里格斯——这绝对是缘分！我从没见过一个男生有着这么好看的下巴，在脸颊上还有一个酒窝。一定是有什么原因让他恰好排在我的右边，一定是有什么原因让他这么好看，也一定是有什么原因让我恰好踩他一脚！

这个原因就是缘分。

他就是要给我心动之吻的那个人！

但他正在往外走。

没有跟我挥手说再见，没有微笑，也没有眨眨眼……他就这么离开。

不过我看到他把墨镜落在吧台上。

"伊万杰琳！"那个帮我点单的咖啡师喊了一句。

我一把接过我的奶茶，抓起他的墨镜，冲向门口。

我疯狂地环顾四周。

他去哪里了？

那边！在停车场那边！

我冲向他，插进他和他的车之间。

"噢，嗨！"他说，往后退了一步。

"你忘了你的墨镜！"我上气不接下气地说。

"嘿，谢谢你啦！"

他笑起来就像是清晨从地平线洒向天空的阳光。看着那双眼睛，我的膝盖微微有点发软。当我完全融化在他眼神里的时候，我气喘吁吁地说出："你还忘了吻我！"

"不好意思？"

"吻我。"我轻声说，然后抓住他的衬衫把他往我这边拉了一下。

16

推土机

我很期待当我们的嘴唇贴近时我会感觉天旋地转，但遗憾的是并没有。尽管一开始有。这个家伙简直就是一个推土机！他的嘴巴贴在我的嘴巴上，径直把我推到他的车子上，直到我向旁边侧了侧身，手中的奶茶差点飞出半空。

"哇啊！"我嘟囔着，然后一把将他推开，完全闪到一边，"嗯……好了……谢谢。"我说着，跑到自己的车里。

我握着方向盘足足有一分钟感觉没法呼吸——那样子更像是逃命成功，而不是刚刚得到了一个极好的吻。

真是令人失望！

感觉完全浪费了这么一张有酒窝的脸！

在开车回家的路上，我试着分析究竟哪里出了问题。罗比·马歇尔本应该是给我心动之吻的最好的对象，星巴克小哥也是。

为什么都没有成功呢？

在接吻前，我跟他们确实有一些化学反应，但实际上却没有擦出什么火花，一切都不了了之。我怎么会处心积虑却遇到一个舌头怪和一个推土机呢？

是我的原因吗？

是我的吻技太糟糕？

很明显，在纸上读关于接吻的知识跟实际上接吻可不是一回事！

我思考了好几个街区，突然意识到事实是怎么一回事，然后开始大声笑起来。

我在跟一个完完全全陌生的人讲："吻我！"

这简直太疯狂了！

太冲动了！

一点也不像我。

不过我又意识到这还让我觉得……挺好的。

什么跟什么啊！

艾德丽安绝对会笑死过去。

我回到家时，妈妈还在床上。因为我感觉眼花缭乱，还有一点莫名的不适，我把奶茶递给她后坐在她旁边："跟我讲讲你的初吻吧。"

"我的初吻？"她一边吸着奶茶一边说，"啊，那是十分美好的事！"随后她看着我，问，"有什么事是我应该知道的吗？或者什么人之类的？为什么会想要问这个呢？"

我笑了笑说："没有。我就只是想知道一下你的初吻，我也想知道你是否跟人有过心动之吻的经历。"

"心动之吻？"她问，我能看到她正在努力回想为什么这个词如此熟悉。突然她眼睛睁大，然后嘴巴紧闭，"嗯……"看起来她意识到自己的秘密被发现了。

我咧开嘴冲着她笑："让我打扫房子可是很危险的事。"

"你这样弄得我很尴尬。"

我又笑了。"千万别，事实上我也喜欢那本书。"然后我又问，"所以说，你是什么时候开始读言情小说的？"

"凯特·拉森给我的，她觉得这会让我忘掉……一些事。"

"有吗？"

她耸耸肩："恰恰相反。"

我不想让谈话变得那般灰暗又阴郁，于是我说："忘掉那些书。我想听听你的初吻，以及任何其他心动之吻的经历。"

她又啜饮了一口奶茶说："我的初吻就是跟你的爸爸，而且我得说，他的确给了我很多心动之吻。"

"爸爸是你的初吻对象？"我坐得更直了一些，"等等，这就是说你除了他没有再吻过任何人？"

她点了点头："是的。"

"你一生中都没有？"

她耸耸肩："我一生中都没有。"

我不相信地看着她，我知道他们是高中以来的青梅竹马，但……我吻过的人已经比我妈妈还要多？

我从没想过我会比爸爸还要疯狂，但我的确是。妈妈从来没有跟其他人接过吻，但他彻底背叛了她！

我的妈妈需要帮助。

有些事一定得改变。

我接过她的奶茶。

"起来，"我跟她说，"我来给你化个妆。"

17

廉价把戏①

我认真记下妈妈哪些地方想要做大一点的改动，哪些地方"只修一下，只要挑染一点点"，然后我出门去商店购买我们需要的东西——一款深栗色的染发膏和一些红色的挑染剂。

我回来时，看到她正在读那本《欢迎来到更好的生活》。"确实！"我告诉她，"你确实需要找到自己喜欢的事！"

"你也读了这本书，对吗？"

我点头："说出你的梦想，幻想你的梦想，追求你的梦想。"

她叹了口气："我的问题在于我压根儿不知道我的梦想是什么。"
我冲她笑了笑："好吧，准备好，化个妆可以改变这一切！"

我开始调那栗色的染发剂，调好后，我用一条毛巾盖在她的肩膀上，梳好她湿漉漉的头发，问她："你想要听点什么？"

她知道我说的是音乐。"廉价把戏①。"她想了一下然后告诉我。

这个充满讽刺的乐队名字显然是跟我爸爸——或者跟她的头发有

① 廉价把戏，Cheap Trick，一支美国摇滚乐队。

关，但我决定不做任何评论。我只是将唱片放进去，然后开始剪头发，讨论那类"微妙"的事并不在我的计划之中。

《我要你爱我》绕着墙壁响起，我一边打理她后面的头发，一边跟她一起情不自禁地跟着哼起来。乐队唱到《感到羞耻吗？》《投降》和《如果你爱我》时，妈妈似乎都忘记了我在做什么。等到唱完《我无力承受》和《走开》时，我给她剪出了一个长度恰到好处、十分迷人的刘海儿，并用剃刀裁切出一些层次。

"你看起来太迷人了！"我惊叹道，对自己的手艺感到十分满意。

她想要看看镜子。

"先别着急！"我告诉她，然后吹干她的头发。等头发弄干后，我才可以看到挑染哪部分头发效果最好，我正在忙着我计划的最后一部分。

廉价把戏已经唱完了所有的歌，我也调好了挑染剂，想着接下来应该放哪张唱片，这时手机铃响了。

"你好？"我说，把手机架在肩膀上。

"伊万杰琳？我是爸爸。请先不要挂断，我——"

"对不起，您拨叫的用户已断线。请挂机，别再尝试！"

看我摁掉后妈妈叹了口气："这已经很老套了，亲爱的。"

"他的电话也很老套！究竟是为了什么？为什么就不能让我们清净清净？"

非常平静地，她说："他跟珍奈儿已经分开了。"

"什么？"我绕到她面前，"她厌倦了他，所以现在他又想回来当我爸爸了？"

　　"他跟她分开，已经很久了。"

　　我感觉整个身体都在发胀，从指尖，到脸颊，到胸腔……一切都在燥热。"好吧，幸运的珍奈儿。"我啄米似的点着头，"那你又是怎么知道这一切的？"

　　她沉默了一会儿，然后说："我们已经约了几次咖啡。"

　　"什么？"我立马又摇了摇头，"没事，我不想知道。"我开始挑染，"等我给你收拾好了，你就再也没有时间去跟那个三心二意的人喝咖啡了！追求你的男人们能把门板挤碎了。"

　　我翻出谁人乐队①最火的那张唱片。

　　《不再犯傻》看起来再适合不过。

---

① 谁人乐队，The Who，一支英国摇滚乐队。

18

红发美人

我给妈妈染发染到一半时，电话再次响起。不过幸运的是，这次是艾德丽安，不是我爸爸。

"嗨，"我一边用湿漉漉的一只手举着电话，一边用另一只手冲洗着妈妈的头发，"我过一会儿打给你好吗？我正在给我妈妈染头发，给她弄了个全新的发型，还有颜色。"

"全新？"妈妈问，她想要抬起头，但撞在水龙头上。

我把她摁回去，对着电话说："呃，我是说很性感，她即将变得非常性感。"

但妈妈并没接受这一说法。她又一次扭着头："这就是你不让我照镜子的原因？你做了什么？我这么信任你！"

我还没来得及回答，艾德丽安就在那边问："今天早上，你真的在星巴克吻了一个男生？"

我把妈妈又摁回去："不要动，妈妈！你会喜欢的。先让我弄完它！"然后对着电话倒吸一口气，"你从哪里听说的？"

"佩内洛普·罗兹威尔，所有人都知道了吧。她从玛丽·布莱那边听到的，她又是从某某人那里听说的。所以照你说来，这是真的咯？"

妈妈又在挣扎着要抬起头："让我起来！"

"我一会儿打给你！"我告诉艾德丽安，然后挂断电话。

不让妈妈看镜子，这的确是一个挑战。但我还是想办法先给她吹干头发，弄了个造型，然后没让她看一眼就给她化了点妆。

最后我从她的首饰盒中翻出一副吊坠耳环，然后等她收好首饰盒之后，我才递给她一面镜子。

看到自己的时候，她深深吸了一口气。

捂住嘴。

然后转来转去，轻轻摸着自己红色的头发。

"噢！"她说，撩起刘海儿，又拨一下层次，"噢，哇哦！"

"就是这样，"我说，对自己的改造充满骄傲，"现在你去什么地方，那就是别人将要说的话：'噢，哇哦！'"

她看着我，眼睛里闪着光，满脸都是那副再熟悉不过的"我要哭了"的表情。

化的妆就那些——现在几乎都花了。

然后意想不到的事发生了。

她眨着眼把眼泪收回去，开始咯咯咯地笑起来。

"这完全不像我了！"她喘着气说。

"不，这就是你。只是恢复精神的你，一个全新的你，但依然是你！"

她给我一个拥抱，然后又对着镜子看了看自己："噢，谢谢你，我的小天使。谢谢你！"

　　她转过身，镜子里对着我的是——

　　她甜美、灿烂的笑容。

19

来访者们

我猜可能是我拖了太久没有回她电话，因为大概下午三点多的时候，门铃响了，是艾德丽安。

"你逃不了的，"她说着，推门往房间里冲，"对最好的朋友可不能藏着掖着。"

"我没想跟你隐瞒！我只是忙着……"

我还没说完她就看到我妈妈："洛雷娜？"

我妈妈在过去总是让艾德丽安叫她洛雷娜，不过这是第一次听起来没那么奇怪。

也许这是很长一段时间以来，我妈妈第一次看起来不像一个妈妈。她穿了一条非常衬人的牛仔裤，配一件十分贴身的橄榄绿衬衫，看起来十分性感。

艾德丽安瞪大眼睛看着我："哇哦，你真的是有忙头！"她让我妈妈转过身，"这个发型也太棒了吧！"

"你是下一个，"我说，"我今天超常发挥！"

"我不知道……"她摇了摇头，继续打量我妈妈，嘴里不住地赞叹，"哇哦！哇哦，哇哦！"

妈妈看起来挺激动的。吃了一片感冒药之后，她看起来完全不像生病了的样子："你们要出门看电影吗？出去吃晚餐？或者购物？"

我笑了笑："我们三个人一起去怎么样？"

但这时门铃又响了，我去应门时，发现自己面对面撞上了爸爸。

我已经好几个月没有见过他了，不过他看起来完全没什么变化。他的头发依旧是邋遢得很有个性，胡子沿着嘴唇细细修过，顺着嘴角滑向下巴处拐成两个小小的"马丁靴"。他看起来很放松，不过比平时稍稍打扮了一下，穿了一条修身的牛仔裤和一件运动外套。

"怎么，你是听不懂'我们不想跟你说话'这句话吗？"我问他。

"伊万杰琳，请不要这样。我知道我是个笨蛋。我不想站在门廊上讨论，请让我进去好吗？"

"我觉得你已经总结得很好了，"我回他，"没有什么好讨论的了，请你离开！"

我开始关门，但他用一只脚抵住门，然后冲房子里喊："洛雷娜？"

突然我妈妈走过来，肩上背着包，手里攥着钥匙："我很抱歉，乔恩。无论是什么事，都得等下次再谈，我要跟姑娘们一起出门了。"

在他搞明白她的新造型之前，她已经关上了门，轻盈地带着我和艾德丽安走到人行道上。

"洛雷娜，等一下！"他站在后面喊她。

这一次，她并没有回答。

20

生物实验

艾德丽安被我在星巴克的经历迷得死死的。我并没有在妈妈面前提起这件事，只是当我们开着车在镇子里转悠时，在吃饭或者购物的间隙断断续续讲给艾德丽安听。不过当我们在一家精品店，等妈妈去试穿一套套装时，艾德丽安已经完完整整听了我要拿下贾斯汀·罗德里格斯的计划，并表示赞赏。"比起在星巴克随便找一个人，他可是个好很多的选择！"她小声说，"而且找一个浪漫的地点也是不错的想法。黛利拉和格雷森是在湖边，有天鹅、垂柳以及歌唱的鸟儿。"

"你读了那本小说！"我惊呼道。

"嗯，已经读了大部分。"她温柔地用她标志性的眯眯眼望着我，"我也了解了那个吻是怎么一回事，不过伊万杰琳，讲真，那并不是一本什么了不起的书。"

"它当然是！"

她摇了摇头。"那是因为你加了一个其他的东西在里面。"然后她又眯起眼，"我讨厌伊莉丝死亡的情节！为什么伊莉丝一定得死？没有任何一个八岁的小孩应该死去，无论是在小说里，还是在其他地方！"

"但正是那个让格雷森和黛利拉在一起。"

"那也太刻意了。我讨厌这类型的书。"

我抱住胳膊："所以你讨厌我最喜欢的书。"

"不，我不是讨厌它。那浪漫的情节写得真心好。我会看完它，然后星期一还给你，可以吗？"她咧开嘴笑着说，"你也许要经历一段痛苦的时期了，嗯？"

她说的是对的。

她会意地点了点头："不过回到现实，我觉得贾斯汀·罗德里格斯是一个不错的对象，事实上他也很帅气，而且你说得对——他看起来很浪漫。也许值得你去试一下！"

所以在艾德丽安的祝福下，我开始认真琢磨在哪里以及如何跟贾斯汀·罗德里格斯见面。直到星期一，我想到了一个完美的地点。

布拉格公园里的露台上。

那是一个偏僻的露台——通身洁白，屋顶旁装饰着精雕细刻的蔓叶纹样，牵牛花藤爬过格子砖雕。它坐落在一座开满玉兰和金银花的小山坡上的灌木丛里。

不过可惜的是，它也靠着一个篮球场和一个停车场，但就我能找到的地方来看，在月光下，那边应该是最接近"有天鹅和垂柳的湖边"的地方。

现在的问题是把贾斯汀带到那边。事实上，我得先找到他。星期一的早上，我找遍了所有的地方。一口气翻遍了整个校园，在课间，急切地搜寻……在哪里都找不到他。

我要如何跟一个我都见不到面的男生来一场浪漫的约会？

还是艾德丽安出面拯救。午餐时，她气喘吁吁地跑到我身边："我跟踪他到了五楼十二号教室。他正在那边跟布莱恩·约克和特拉维斯·昂一起吃午餐！"

"在韦伯老师的教室里？"

她整理一下背包，点了点头。

难怪我怎么也找不到他。韦伯老师人是很好，但没有人会想到去实验室吃饭。墙壁上渗着尸体和各类器官的味道，空气腐臭，自去年做完实验之后，我发誓再也不要踏入那个教室一步。

但是我现在太急切想要一个心动之吻，于是抓起书包就说："走！"

在贾斯汀和他朋友们一脸疑惑的注视下，我们走进512教室。他们明显是在想："她们在这里做什么？"甚至特拉维斯·昂主动解释说："韦伯老师不在这里。"

"好的。"我笑着说，然后坐在靠近贾斯汀的座位上。

"什么事？"他问。

我拉过他的手，在他掌心写下我的手机号码。

"这墨水很容易擦掉，"我在他耳边轻声说，"打给我，不然它就消失了。"

然后我拉着艾德丽安走出了教室。

21

约会

"哇哦，"我们离开时艾德丽安止不住地赞叹，"你现在变得这么猛！"

我也咯咯地笑起来："这不就是活在梦中吗？"

"还开玩笑！"她犹豫了一下，"如果他不打给你怎么办？"

"那我就不必浪费大把时间去跟一个没法给我心动之吻的人耗在一起了！"

幸运的是，并没有出什么岔子。

他在7:02的时候打电话过来。

"嗨，伊万杰琳，我是贾斯汀，你怎么样？"

一时间我嘴巴发干起来，但我还是尽可能让自己听起来自信一些："十五分钟后在布拉格公园的露台见。"

"为什么？"

我这会儿又觉得嘴巴里塞满了棉花："嗯……如果你非要问的话，那你可以不去。"

这样行得通吗？我在想什么？要是他说"为什么我要出去跟你见

面"，那得多尴尬？

不过我耳边传来的是一个美好的句子："我会去那边。"

我挂断电话，感到如释重负。

还有一些惊讶！

成了！

我即将要去一个浪漫的地点见一个十分浪漫的男生。

我们即将来一个心动之吻。

因为布拉格公园距离我家只有五分钟的路程，我还有大量时间去做准备，确保这一心动之吻的成功实施。我又上了一点唇彩和睫毛膏，然后喷了一点妈妈的麝香香水。那闻起来非常有味道又非常……顺滑。

正往脖子处喷香水时，我突然想到在《心动之吻》中并没有关于黛利拉喷性感的香水之类的描写。我又想到如果她要喷香水的话，应该会选择花香而不是麝香类的香水。

"管他呢！"我喊了一句，然后又磨磨蹭蹭拖了十分钟。迟到五分钟出现应该会更酷一些，但早到五分钟，就不会了。

直到离开家的时候，我已经完全沉不住气。那天晚上空中挂着一轮圆月，夜晚显得格外美丽清新；空气凉爽但并不让人觉得冷，我就要在露台上见到一个黑眼睛的帅气男生……事实上，我在路上来来回回绕了两次。我现在不是去寻找自己的梦，而是就活在梦里。

不幸的是；当我绕到露台那边，发现贾斯汀·罗德里格斯还没有到达。地点是完美的，但我没心情去考虑月光有多皎洁、金银花的味道多么香甜，或者晚风有多么凉爽。相反，我站在那边几乎过了一个世纪，感觉自己就像一个傻子，开始抠指甲上的死皮。我讨厌把死皮抠下来后的事情。血开始慢慢渗出，又黏又恶心。但是一旦开始，我又没法停下来，直到把所有的死皮都抠干净。

我刚把左拇指上的死皮抠完，担心自己被放鸽子时，贾斯汀不知道从哪里冒出来，吓了我一大跳。

"怎么样？"他跟我打招呼，摆出一副酷酷的样子，然后笑着说，"你为什么这么大惊小怪？"

我几乎脱口而出："你为什么这么迟？"但我又意识到这样太冒险。于是我靠在露台上的一根柱子上，故作镇定又试着表现得风趣一些："大惊小怪？也许我是只可爱的兔子吧。"

那一瞬间我突然哑然，大脑在嚷嚷："一只兔子？我这是在说什么鬼话？你觉得他会怎么理解这句话？他绝不会觉得这又萌又可爱！"

他笑着往我这边挪了挪。

"我不是那个意思。"我说，往后退了一步。

"那我们在这里做什么？"

我的大拇指开始发痒，弄得我心烦意乱。我把大拇指指甲举到嘴边，装作不经意间舔一口。血的味道夹杂着一小块高露洁牙膏的味道。哦，不！我在心里喊，那真的在流血。

贾斯汀开始像兔子一样抽起鼻子，一开始我以为他是在开玩笑，但随后他眼睛挤在一起，然后打了一个惊天动地、泡沫四溅的喷嚏。

贾斯汀把头埋在腋下打第二个喷嚏时，我后面的停车场里，一声车喇叭叭响起来。我转过身去看，又再三确认了一下，两个男生冲进一个老式尼桑里躲起来。"你带了布莱恩和特拉维斯?"

"啊——啾!"他擦了一把脸,"你身上的香水……几乎要灭了我!"他又抽了抽鼻子,"啊——啾!"

"你为什么带上布莱恩和特拉维斯?"

"啊啊啊——啾!你为什么喷这种蠢香水?啊——啾!为什么选这种蠢地方?啊啊啊——啾!"

我盯着他。现在就只剩这个完美的地点了。很明显今晚不会有任何吻!

22

清晨的怒火

当我跟艾德丽安读八年级时，我们有四门课是一起上的。可当我们进入高中时，只有两门课是一起，这让我们两个都觉得痛苦，但到了二年级时，我们只剩下一门体育课是一起上的。然而，现在连一门课都没有了。尽管我们都在上"美国文学"和"世界历史"这两门课，但是在不同的时间段，所以这门课唯一的好处就是我们可以一起对作业答案。

我们过去经常一起去学校，但那是在我们分开之前。现在，我们的新公寓所在的街区，在距离薇鲁家一英里以外的地方。今年大多数时候，我要是钻进书本里——教科书或者小说，要么就是在先锋唱片店打发时间。而艾德丽安越来越多的时间是在忙着处理学校的事，一开始是扑在编辑校报上，现在合唱团的事几乎占据了她所有的时间。她不是忙着赶在截止日期前发行《拉克蒙特时报》，就是在应付沃格尔老师夫妇突如其来的要求。

所以在"露台事件"之后没在校园里看到她，也不是什么不寻常的事。

但她前一晚没回我电话就有点奇怪。

她去哪里了？

我现在正面临一场接吻危机。

正是需要我最好的朋友的时候！

我跑去印刷校报的教室，问编辑皮肯尼老师有没有见过她。

"今天早上没见到她。"就在我转身要走的时候，她叫住我说，"如果你看到她，就告诉她应该来值日！她的栏目到现在还是空的。我们的截止日期是星期四！"

我挥手谢过她，然后穿过展览馆，尽可能不去看走廊墙壁上挂着的那些歪七扭八的人像。

剧场后方的一扇门是开着的，我顺着一阵天使一般的嗓音和清脆的钢琴声走过去。我在黑暗处找到一个座位，看艾德丽安和其他将近二十来个歌手跟着沃格尔先生的指挥棒进行发音训练。沃格尔先生看起来就像是在为正手舞足蹈弹奏小三角钢琴的沃格尔女士，驱赶蜜蜂。（他们经常穿得像是在进行生命中最后一场盛大的演出。跳上跳下的蝴蝶结、飘来飘去的围巾，还有锃光瓦亮的舞鞋……即使是他们贴在走廊上的"早上好"，也是夸张得过分。站在他们身边的确让人费神。）

过了一会儿，我看到在艾德丽安后排有一个金发帅哥。他的名字叫帕特里克或者帕顿……反正一个P开头的名字……显然他唱得十分认真，拖着长长的"哦……"、高高的"哎……"。他长得很帅，有一股合唱团里的男生独有的气质，以及让我深深着迷的、性感的嘴唇。

下课铃响了。沃格尔老师交代了一番关于"即将到来的春季合唱团演出"之类的事情之后，宣布下课。

"艾德丽安！"我喊着冲向舞台。

"伊万杰琳！"她回我，脸颊还因为早晨的声乐练习而微微发红。她连蹦带跳地走下台阶，"对不起，我昨晚没有回你电话。说出来你可能不信，但我八点就睡着了！我完全累坏了！"她抓着我的胳膊说，"所以怎么样？你见到贾斯汀了吗？有没有得到你要的心动之吻？"

我皱着眉头："我完全搞错了，昨晚就是一个车祸现场。"

"再见，艾德丽安。"那个合唱团帅哥离开时跟我们打招呼，"嗨，伊万杰琳。"

"再见，帕克斯顿。"艾德丽安说，她脸颊的红晕还没退。

我在脑海中比画了一下，帕克斯顿。

艾德丽安跟他喊了一句："你今天唱得很棒！"然后又转向我小声说，"为什么是一个车祸？告诉我，快告诉我发生了什么！"

"他对香水过敏，有可能是花粉，也有可能都过敏！然后他迟到了，到那边后一直都在打喷嚏，更过分的是——他带了布莱恩和特拉维斯过来！"

"不会吧！"

"是真的，你说有多幼稚，他们在他的车上偷看！"

"走吧！"她轻轻拉起我，然后直奔第一节课的教室，"所以说，没有接吻？"

"碰都没碰一下。"我抽开身，"我得走了。弗里德曼老师可是魔鬼。"

"你要跟他再试一次吗？"

　　我摆出一个惊恐的表情："不要！"

　　她笑起来："等会儿下课我在花园那边等你，好吗？"但又立马改口，"不，等等！在皮肯尼老师的教室里见！我的栏目只完成了一半，而星期四就是截止日期了！我得抓紧时间！"

　　我回她："好的！"然后冲她笑了笑，挥了挥手，迅速离开。

23

蹦蹦跳跳

在数学课上我面临的最大问题就是需要避免跟罗比·马歇尔有眼神接触。在那个咸鱼一样的吻之后，他就完全无视我，当然这对我来说是好事。但现在他突然又开始盯着我看，诡异地冲我笑，还故意屈着他那肱二头肌。

这是搞哪出？

下课后我得到了答案。

"你想要跟我一起出去吗？"他在我耳边小声说，双手抓着我的胳膊。

我推开他："呃……不了。"

"哎，给点劲儿好不。我们在一起挺好的。"

我停下来，转过身去看着他："那桑笙怎么办？"

他耸了耸肩："我们算是分手了。"

"算是分手了？"

"听着，"他压低声音说，"我们可以一起出去……也没必要让她知道！"

　　我用艾德丽安式的眯眯眼看着他："你真恶心，你知道吗？"然后气呼呼地离开了。

　　斯图·提拉尔德打散了我对于为什么罗比突然再次对我感兴趣的思考。"蹦蹦跳跳哦，伊万杰琳！"在我去上安德森老师无聊透顶的世界历史课时，他冲我喊，然后把两根食指分别举到头上扭来扭去，像恶魔的两个角一样。

　　一开始我还没反应过来是什么，但当我坐在座位上时，一股恶心突然袭击我全身。

　　怎么可能！

　　我没有做任何事！

　　但摇摆的耳朵和那句"蹦蹦跳跳"还能是什么？

　　贾斯汀·罗德里格斯把那晚"兔子"的事说给别人听了！

24

小吃摊突击

世界历史的课上我完全没办法专心听讲，因为如果斯图都知道了的话，那就意味着已经传遍了大半个校园。

一想到"兔子"这个梗——我就恨不得找个洞钻进去，死在里面。

我简直没法相信，怎么会发生这种事？一夜之间我就已经声名在外了？

我没有做错任何事！

我绝不能让这几个只会打喷嚏的小流氓这样污蔑我！下课后，我四处疯狂寻找，直到在去小吃摊的路上找到贾斯汀。

"干什么去？"我问他，然后还用双手朝着他的胸口推了他一下。

他往后打了个趔趄，龇着牙笑了："哇哦！"

"少来！"我冲他喊，讨厌他嬉皮笑脸看我的样子，"我不能相信你居然把我说的话讲给别人。你知道我不是那个意思！当时只是被你吓到了，然后顺嘴一说而已！"

他耸了耸肩膀："我可没到处跟人讲，我只是告诉了布莱恩和特拉维斯。"

"是吗？所以今天早上斯图·提拉尔德跑到我面前喊'蹦蹦跳跳'

什么的，是别人四处大嘴巴咯？"

　　他漫不经心地说了一句"我很抱歉"，然后他摇了摇头："我到现在都没搞明白为什么你要见我……"

　　我被他的话完全激怒了，脱口而出："我想要一个吻。就是这样！一个完美的吻！我是冲昏了头脑才觉得你能给我这个吻！但你带来的就只有你那几个猥琐的朋友和恶心的喷嚏。现在我必须……"

　　在我还没有咆哮完时，他一把抓住我，把我拉到他身边，突然吻上来。

　　就是他错过的那个吻。

　　他的嘴唇一半夹在我的嘴唇里，一半在外，这让我觉得有点尴尬。然后他试着调整，但怎么弄，就是觉得……不对。

　　再说，我可没想着让他在小吃摊边上吻我！我想的是在月光下的露台上，一个柔软绵绵的嘴唇，给我一个梦一样的吻。

　　现在这个可不是我要的心动之吻！

　　拖泥带水，稀里糊涂！

　　我试着把他推开，但他那双手拽住我的胳膊，往前靠在我身上，把我锁得死死的。

　　我突然感到一阵慌乱。

　　我被困住了！

　　被一个狡猾的吻困在这里！

　　当我推开他时，结果只是让他贴得更近，我把头扭向一边，奋力挣脱。但在挣脱的过程中，我没站稳，踉踉跄跄退了几步，碰到一个塞得满满当当的垃圾桶。

　　我猛地倒在地上，垃圾撒得到处都是。

　　看我四仰八叉倒在垃圾堆里，贾斯汀走开了。

　　这个心理变态的恶棍就这样把我丢在那边！

　　我尽可能优雅地站起身，但墨西哥玉米片的酱汁洒得到处都是，差点再次翻倒。

　　这时有人抓住我的胳膊，扶我起来。我发现我正面对着一个……童子军？

　　他并没有穿制服，只是他的白色Polo衫塞进裤子里面，全身几乎一尘不染。他的头发从一边梳到另一边，打了发蜡整整齐齐地贴在头皮上，看着像是提前为以后的秃头做好准备。

　　"谢谢。"我说，然后站起身发现，我得比他高出至少六厘米。

　　"你还好吗？"他问。

　　我点了点头，抖抖身上的东西，看着他把垃圾桶摆回原位，然后把垃圾都塞进去。"搞定了。"他弄完后说，看着自己的手笑了笑，"我想我最好是去洗一下。"

　　"嗯，谢谢！"我又说了一次，在他走开时僵硬地冲他挥了挥手。"我也是。"

　　在小吃摊上排队的人还在盯着我看。

　　我迅速溜走，心想至少现在除了兔子以外，他们有其他的东西可以八卦了。

25
读心术

在西班牙语的课堂上我迟到了。我从没有迟到过，但这次我在西班牙语课上迟到了，因为我四处找艾德丽安来着。那是我离开小吃摊后唯一想要做的事。我去了皮肯尼老师的教室，但她告诉我她已经离开去上第三节课。然后我冲去814教室，合唱团排练的教室。

我见到的第一个人是帕克斯顿。

"艾德丽安呢？"我上气不接下气。

"她在帮沃格尔老师处理件事。"他微微抬着下巴说，"你还好吗？你的衣服怎么了？上面是玉米酱吗？"

隔壁乐队排练的教室，传来单簧管吱吱呀呀的声音，还有人在打鼓。"我要迟到了。"我说着跑向教室。

我不记得我是怎么熬过西班牙语课的，美国文学课也是。我满脑子都是跟贾斯汀的那个荒唐的吻，还有倒在垃圾堆里的事，还有罗比·马歇尔喊我出去的事，还有斯图比画兔子耳朵的邪恶画面。

我现在是在一个噩梦中，而不是什么幻想中的美梦！

女生一定得有一个唯美的吻吗？

我这样做值得吗？

当午餐铃声响起时，我疯了一样去找艾德丽安。但瑞德老师喊住了我："伊万杰琳！我可以跟你谈谈吗？"

瑞德老师在开学的第一天就跟我们讲过她现在二十三岁，而且这是她教书的第二年。"这估计就是我总是这么严格的原因吧——我得尽可能顾全你们每一个人。我对文学也是这样充满热情，那几乎是我的生命。我期待把它分享给你们。"

正如她所言，她确实喜欢阅读。每次谈到小说时，她都激动到脸颊泛红，尤其讨论到某本书的意义时，她都信手拈来，滔滔不绝。有时候我会觉得，她对事对物，完全是出于自己的喜爱，而不是那些事本来的样子。有个恰当的例子是：按照她的分析，《最后的莫西干人》探讨的主题是巨大的勇气、彻底的背叛以及伟大的爱。

但在我看来，这是一个关于战争的故事。

无论怎样，等到教室里其他人都走完后，她的眼睛穿过她那副窄边、黑框又方方正正的眼镜打量着我："你最近似乎总是在课堂上走神。尤其是今天，你还好吗？"

她把我当作什么，一本打开供人阅读的书吗？"我很好。"我告诉她，"啪"一下合上书。

她看着我的眼睛："你看起来不像是很好的样子。"在陷入一刻尴尬的沉默中之后，她继续说，"大家都在传流言，伊万杰琳，这样是不对的，不过他们还是会传这种流言。"

我的下巴几乎掉在地上，老师都听说了？

但……她到底听说什么了？

"流言一点都不重要。"她说，透过那副镜片读心一般看着我。"不要做任何会让自己蒙羞的事——这是我的处世原则。"

"我没有！"我说，抬起下巴，"我没做任何错事，或者丑事，或者……哪怕一点点下流的事。"

她向上摆了摆手："好的，这就对了。就这样抬起你的头，继续你的生活。"

我向门外走去。

"不过你以后如果需要什么人去倾诉……"

"谢了。"我说，然后迅速夺门而出，去找艾德丽安。

我一定得找到艾德丽安。

26

流言四起

我直直地走向印校报的教室，但是艾德丽安不在那边；我又找了合唱团的教室，那边是锁着的；然后我又几乎跑回皮肯尼老师的办公室。我从来没这样在大堂里奔跑过，觉得那一点都不酷，但我现在得找到艾德丽安。

在混乱中，我直直地撞上刚从科学馆冒出来的布罗迪。

"你见到你妹妹了吗？"我从他身上起开时喘着气问。

他摇了摇头："可能在合唱团？报纸打印室？或者花园角？"

"没，都没有……我再找找！"我挥挥手离开，喊了一句，"谢了，哥们儿！"然后冲向花园角。

她不可能在那边，她有这么多其他的事要做，但当我跑去角落里"我们"的地盘时，她就在那边。

"终于来了！"当我走过去时她赶忙问，"你去哪里了？"

"满世界地找你啊！"

"你跟贾斯汀还有那个垃圾桶发生什么事了？别告诉我事情真的跟大家传的那样糟！"

"天哪，这个校园，"我喊道，我盯着她，"关于兔子的事呢？他们有讨论兔子的事吗？"

"什么？没有！发生什么事了？"

"我一直害怕贾斯汀到处传这些八卦。他今天抓住我，然后亲了我，就在小吃摊旁边！但他搞错了，又不让我走！所以当我挣脱时，摔倒了，还撞倒了一个垃圾桶。"

她瞪大眼："啊，这也太让人尴尬了！"然后她又眯起眼看着我，"他搞错了？他怎么搞错了？他可是在四处宣扬这件事。"

"你再说一遍?! 他还有特拉维斯和布莱恩，都搞错了！"

"等等……你也亲了他们？"

"没有！我是说特拉维斯和布莱恩也在四处八卦昨晚的事！"

"但是……"她眼睛眯得更厉害了，摇着头说，"'兔子'又是哪里来的梗？"

我用一只手扶住额头："昨晚贾斯汀迟到了，他出现时吓了我一跳，然后他问我为什么这么大惊小怪，然后我就棒到不能再棒地回了一句'也许我是只兔子'。"

艾德丽安笑起来，两只手捂住脸，透过指尖瞄着我："不！"

"没错！然后不知道怎么回事，斯图知道了这件事，见到我时还跟我'蹦蹦跳跳'！这就是我为什么这么害怕贾斯汀！"

她又摇了摇头，然后抓住我的胳膊说："我要错过截止日期了，你跟我一起来。我现在觉得把你一个人留下来不安全。"

于是我就让她把我带到了皮肯尼老师的办公室。我已经感觉好多了，不过我更应该感谢有艾德丽安这样的朋友。

27

超现实枕头

放学后，我躲在先锋唱片店。对于我来说，穿过这扇门，跟寻找一个心动之吻一个样。我在这里进进出出。

我一般是在货架这边转悠，要么读每一张老唱片的封面，听伊奇堆在角落里的那些非常小众的乐队专辑；要么就窝在那张脱了皮的旧沙发上，一遍又一遍读滚石乐队的那些故事。

而且通常那边会有那么一两个人做跟我一样的事，或者在吉他房里调试吉他，但这会儿那边看起来像是被搁置了，甚至都没有人放音乐。

伊奇在柜台那边，调试吉他弦。"嗨，鼻涕虫！"他喊我。

"嘿，伊奇，"我回他，然后把双手放在耳朵后，摆出仔细听的样子，"我没法相信我这会儿没有听到什么歌！"

他笑了笑，放下手中的乐器："看起来是我弄这个弄得太入神了，不好意思！我这就去放点音乐。"

突然仿佛有人从背后猛地推了我一下，我就沿着唱片货架之间的走廊走过去。

不是有人在推。

这会儿没有任何人。

是音乐。

当真理变为谎言……当你所有的激情死去……你不想找个人去爱？你不渴望一个身体去爱？你最好是找个人去爱……去爱……

我走近一个音响，它发出的声音几乎要冲破天花板。我被迷住了，那是我听过的最干脆、最有力量的女声。音乐还在继续，我站在那边，目瞪口呆地盯着那个……声音！

那是一首很短的歌，我还没反应过来就结束了。于是我赶忙跑到柜台那边问伊奇：“刚刚那是谁？”

他从一堆吉他零件中抬起头：“格蕾丝·里克，杰斐逊飞机①乐队主唱。”

下一首歌开始播放，但跟前面很不同。“你可以再放一遍前面那首歌吗？”

“当然，”他说着，戴上眼镜，“你爸爸从来没有带你听过这首歌吗？”

我摇了摇头。

“我不相信。”他小心翼翼把指针倒回前面，“他们在变成‘杰斐

---

① 杰斐逊飞机，Jefferson Airplane，一支美国迷幻摇滚乐队。

逊飞船'之前就放弃了，但这依旧是20世纪60年代不可触及的经典。"

一阵沉默之后，那首歌又开始播放。没有介绍，没有警告，只有音乐的声音。

"哇哦，"这首歌唱完时我说，"这首歌是叫《爱一个人》吗？"

伊奇点了点头，然后又一次拉起指针。"你应该也会喜欢他们的另一首歌曲，"他说，然后冲我笑了笑，"《白色兔子》。"

"《白色兔子》？不，不要放任何有关兔子的歌曲！"

他给了我一个滑稽的表情："你跟兔子有什么过节吗？"

"呃……你能再放一下那首《爱一个人》吗？"

他又放了一遍，结束时，我问他："你有这首歌的CD吗？"

"我猜应该有。"他说，然后带我去放CD的地方。

花了一些时间，最后他翻出一个珠宝一样的盒子。"《超现实枕头》？"我问他，盯着封面上的五个男生和一个女生。

他点点头，笑着说："去享受这20世纪60年代的经典吧。"

我跟着他回到柜台。我并不在乎这张专辑来自什么时代，我只是想要，不，我是需要这首歌。

28

经验反思

　　第二天在学校，我尽量保持低调，跟在艾德丽安后面，无论她去哪里。那让我感觉安全，但过了一天之后，我开始讨厌这种感觉。艾德丽安几乎是事务缠身，忙得不可开交。按照《爱一个人》和《心动之吻》来说，这叫什么鬼日子！

　　再说尽管我过去这三个吻都跟心动沾不上边，但至少我在追求的过程中，多多少少有一些其他的感受：我开始期待去上学，期待火花四溅，期待一切可能的事物。

　　跟在艾德丽安屁股后面让我感觉像是又退回到过去的生活中。我现在踏的是她的生活节奏，不是我自己的。新瓶装过去的旧水罢了。

　　所以午餐期间，当她在电脑上疯了一样敲敲打打、赶一篇报纸文章的时候，我收起我的东西，偷偷溜了出去，甚至都没有引起她的注意。

　　我从教室一路溜达到校园外，在三百米之外的角落里看到一小块草地，我坐下来，深呼一口气，然后打开书包，拿出那本《心动之吻》。

　　我翻到那些我最喜欢的段落开始读，但没多久我就意识到格蕾丝·斯里克毫无疑问是正确的——我的确需要有个人去爱！

但问题是……怎样才能"找到一个人去爱"？

坐在校园的边边角角读这种言情小说毫无疑问是不顶用的！来来回回又挣了一会儿之后，我意识到解决的方法很明显：

我需要自力更生。

需要重整旗鼓！

再试一次。

总而言之，学校这么大，我怎么能轻易打退堂鼓？

是时候涂上唇膏，回到战场上去了！

心动之吻也许就在某个角落里。

29

化学课事件

我在化学课上迟到了，可能是因为在那个三百米开外的角落铃声不够响。

谁知道呢？

不过我并不在乎。我全心扑在我的新问题和午间的阅读中。就像一幅电影背景一样，《心动之吻》的一个场景缓缓流过我的脑海：

> "黛利拉……"现在他看到她了，但他苦苦准备很久的话，这时却总也说不出口。然后，他的心猛地被扎了一刀，他注意到黛利拉哭过了。"黛利拉……"他再次小声说，这次他伸出手去抚摩她脸上的泪痕。

拉克蒙特高中的格雷森在哪里呢？

这么柔软的嘴唇还有充满热情的心又在哪里呢？

一定是在什么地方！

"伊万杰琳！"基拉伊老师用他浓重的匈牙利口音说道，"你迟到了。"他在他的成绩册上做了个黑色的记号，"这是这学期三次迟到机会中的第一次。"

我点头附和他。

在给我记了一次过之后，他抬起他落满头皮屑的小寸头，扫了一眼教室："收起你们桌子上的东西，各位。"

我愣住了。我们今天有小测？

我看了看四周，但没有人看起来觉得意外。

"将你们的答题卡从1到30标好数字，答案也要标记好。我会逐个打分，但是如果我找不到你们的答案，那就没有分数！"

当一大摞测试题摆在我面前时我下巴都要惊掉了。这不是一个小测，这完完全全就是一场考试！我怎么会不知道这个呢？

化学是我最喜欢的科目之一。电子和质子以及原子价结合对我来说都不在话下。我已经搞定了阿佛加罗常数和摩尔转换以及净离子反应式。

但那是因为我已经学过了，已经练习过很多遍，而且每次小测之前我都会认真阅读那一章，复习每一小节。没有人比我更清楚单元复习有多么麻烦！谁也不了解既然老师没有布置，我为什么还要做这些。

但我恰恰就是跳过了这一章，没有做任何的单元复习。我甚至都不知道我们已经上完了这一章！

这怎么可能？

我拿起我的测试题，穿过其他人走到罗波尔·哈丁面前。"什么时候说要小测了？"我小声问。

罗波尔一脸疑惑地看着我："嘘！"他着急慌忙地说，指了指黑板。

　　"星期四小测"几个大字，清清楚楚地用黄色粉笔写在黑板上面。

　　"他什么时候写上去的？"我继续小声问他，还是不敢相信自己的眼睛。

　　"嘘！"他回答。

　　我瞄了一眼他的大框眼镜、油乎乎的头发，还有满脸的粉刺，不屑地哼了一声。

　　我敢说即使是我的眼泪飞到他的痘痘上，他也会无动于衷。

　　然后我就转过身，开始在考卷上狂轰滥炸。

30

心理学分析

那天最后一节课，我满脑子还是化学课上发生的事给我带来的冲击。专心听斯提尔斯老师的心理课本应该是更聪明的选择，但我感觉自己对于那些"酸葡萄"和"转向攻击"之类的理论都足够了解，于是我就索性不去理会，全身心琢磨化学课的事。

直到安德鲁·普利考特盯上我。

"你还好吗？"他张着嘴巴比画。

一开始是帕克斯顿，现在又是他？为什么男生要问一个人好不好？男生恰恰就是女生让感觉不好的原因，这就是为什么他们来问这种问题，显得既反他们的本性，又不自然。

然后安德鲁·普利考特丢了一个字条给我。

有问题？

还丢字条？

但好奇心最终占了上风。我打开那个字条，上面写着"你看起来很不高兴"。

我挑起眉毛朝他那边看了一眼，写下"我刚搞砸了化学测试"，然后丢给他。

他傻傻地笑了一下："谁又没有呢？测试题目都很难。"

"你也上基拉伊老师的课？"我回他，"在什么时候？"

他开始写回复，但斯提尔斯老师不知道什么时候出现在他身边，拿过字条。

斯提尔斯老师读了那个字条，没说一句话，继续上课。安德鲁和我交换了一下眼神，在那节课的最后几分钟，我一直安慰自己说这件事就这样过去了——不会有什么大不了的事。

然后下课铃响了。

"普利考特同学、洛根同学……请到这边来一下。"斯提尔斯老师命令道。

我们两个便慢慢吞吞走到讲台边，他直直地看着我说："我知道你为什么今天上课这么不专心，对你来说化学课比心理学更加重要，是吗？"

听他的语气，斯提尔斯老师很明显是把心理学放在所有学课的顶端。但事实上，在我看来他的课程顶多是一种补充，不过心理学又是我为数不多能拿到A的课程之一，我可不想让他下次给我打差分（不管是出于"下意识"或者其他什么原因），因为他明显讨厌那些自然科学。但因为我不太喜欢说谎，就想办法避开他的问题："对不起，斯提尔斯老师，我只是被化学考试弄得心烦，安德鲁注意到后，想着安慰我一下。您能理解这种感受，对吧？这跟您的课程本身没有任何关系。"

他想了那么一分钟，点了点头说："今天的课结束了，回家吧。不过记着不要养成这种习惯。"但当我们离开时，他把那个字条丢进垃圾桶，喃喃自语说，"总有一天你们会了解世界上所有的物理和化学，还有算术，对于你们理解世界来说，都不会像行为心理学那么有用。"

"谢谢。"我说，但实际上并没有一丝一毫的感激之心。

"不好意思，我给你带来了麻烦。"等我们刚出门安德鲁就说。

"别担心。"我说，转过身面对着他。

然后那一瞬间我就被惊到了——安德鲁·普利考特的嘴唇！

真是非常有得一拼。

平滑、饱满、滋润……完全是典型的电影男主角式的嘴唇。

而且那一瞬间我脑海中忽然闪过他是如此善解人意。

善良。

尤其是那副嘴唇……

我过去怎么就从来没有注意到？

突然我再也没法抗拒那副仿佛磁场一般的嘴唇的磁力。

它拽着我一步步靠近。

再靠近。

直到我放弃抵抗，亲了他。

31

开车进行时

我跟安德鲁·普利考特出现的问题不在于我吓到他，也不是他那电影明星标配的嘴唇，很明显他从没亲过任何一个女生，或是从我们一开始，他就没有要停下的意思。

都不是，真正的问题在于被斯图·提拉尔德看到我们在接吻。

"厉害啊，嬉皮士。"他在楼道里嚷嚷。

我推开安德鲁，喊道："别来烦我，斯图！"然后朝相反的方向离开。

安德鲁追在我后面："伊万杰琳，等一下！你要去哪里？"

"抱歉，"我说，自顾自地往前走，"也许我不应该那样做，我猜我只是想要谢谢你的……关心来着，我说不上。"

"但是……"他走在我旁边，"至少让我回一下'不用客气'吧？"

我停下来看着他，可能是我觉得他这样说很可爱？但我摇摇头说："我很抱歉，我没有你想的那种意思，只是简单的一个吻而已。"

"但是……"

我知道艾德丽安放学后会留下来赶报纸，但我并没有去皮肯尼老师的办公室找她，跟她讲今天发生的事，而是直接回家了。跟安德鲁的那个吻让我觉得有一点奇怪，而且我依旧被化学考试弄得心烦意乱。

我就直接走回公寓里。但是当我走过差不多三个街道时，一个熟悉的马达声慢慢停在我附近的路边。

布罗迪慢慢摇下车窗，喊："要搭车吗？"

我坐上去："不要问我这会怎么样，好吗？我可能得吐。"

"我没想问。"他带着微笑说，然后来了一个教科书级别的回灯、调镜、打火、起步，行驶到路上。

"你还真是遵纪守法。"我嘟嘟囔囔地说，打开音响。

他的脸涨红："怎么，你不是吗？"

"不是，"我无精打采地说，"嗯，好吧，我猜我应该是。"我挪挪位置，"不，我收回那句话——我不是。"我又往另一边挪了挪，"该死，我也不知道。"

他呵呵笑起来。"好吧，先系上安全带，我可不想被开罚单，"他看了我一眼，"或者让你受到伤害。"

我哼哼唧唧扣上安全带："你这是要冲刺一下什么吗？"

他耸耸肩："没有，不过那不意味着我不会。"

我闭上眼睛，把头靠在座位上，在那个白色条纹的靠枕上按摩我的神经："开你的车吧，小雪佛兰侠，开好你的车。"

32

冷敷布事件

周五的早上我起得很晚，眼睛肿成两颗灯泡。看到自己眼圈周围顶着两团乌云让我彻底崩溃。

我也不是没有崩溃过。我只是没睡好。除了那个糟糕透顶又匪夷所思的吻，我还担忧我的化学测试。这门课上我一直都努力学习，保持着A，但现在毫无疑问我的成绩会下滑到B。而且因为基拉伊老师的课没有其他的加分项，很难把分数提升回A。

那么多个夜晚，我辛辛苦苦地学习，给自己补课，是为了什么？

到头来就一个寒酸可怜的B。

无论怎样，回到我那双灯泡眼，对于这个我一直是草药冷敷的忠实粉丝，我们家平时都会在冰箱里准备一些。我坐在厨房的桌子旁，包好一包敷在脸上，然后挖一勺结了霜的小麦送到嘴里。

这在平时一直是一个再简单不过的模式，来同时处理上学前的各种事情，直到电话响起，我猛地跳起来，把牛奶和麦片洒得到处都是。

我骂骂咧咧，扯掉冷敷布带，走到电话旁，立马摁下接听键，怕电话铃声吵醒妈妈。"怎么了？"我小声说，以为是艾德丽安打来的。不然还会有谁在这样一个鬼时间打电话过来？

　　"伊万杰琳？"爸爸在电话那头犹豫着说，感觉听到我在家里很惊奇的样子，"你不应该是在去学校的路上吗？"

　　"你不应该先管好自己的事吗？"我回他。

　　"听我说，我只有一件事，你能告诉你妈妈我这边出了点事，不能在早餐之后跟她见面了吗？顺便转达我的歉意。"

　　我愣了一下："等等，让我捋一下，你打给她然后叫醒她，就是为了放她鸽子？"

　　"我没有放她鸽子！这正是我打电话过来的原因。"

　　"随便你。"我挂掉电话，"扑通"坐在椅子上，又把冷敷布拍在脸上。

　　笨蛋，死肿眼泡。

33

召唤信

事实上，第一节课我并没有迟到。弗里德曼老师的教室在校园里最靠近我们家那边的角落里，而且学校的侧门是开着的，因为最近我们那个破破烂烂的校园在翻修。（前面推土机的梗就是这么来的，不过没有人问过我。）

所以我就非常幸运地赶在最后一声上课铃之前溜到我的座位上，不过也没有很早。上课后不久，一封信传进来，弗里德曼老师看过后说："伊万杰琳，这是给你的。"然后把我叫到讲桌旁。

那是一张小小的、看起来十分官方的蓝色信封，叠得十分整齐。

在卫生间里时，就有一条看起来没那么官方的信息闪过我的脑海——"那个蠢货早餐后不能见你"，当我起身要回到座位上时，那条信息随着马桶被冲得干干净净。

我坐在座位上，拿着那封信，盯着自己的名字，流畅的字体，黑色的墨水印在蓝色的纸上。我最后打开它，发现那不过是来自希克斯老师，我的导师。他想要在课间见我一面。

不过……为什么？他过去从没有召见过我。一般都是我跟他约时间，而不是其他的方式。他整日忙上忙下，事无巨细地去处理我应该申请哪一所大学，以及我可以拿到哪类奖学金的问题。

"把你们的作业往右边传，"弗里德曼老师命令说，"检查你们手里的作业，如果有任何问题请指出来。最近有很多这样的问题。"

不幸的是，桑德拉·赫莱纳又一次没来上课。"嗨，罗比。"我叹了一口气说。

"你在搞什么名堂？"他刻薄地说道："我，罗德里格斯，还有普利考特，还有那个嘣——嘣——嘣？"

我的第一反应是"他怎么会知道安德鲁的事"，接着就是"我讨厌这所学校"，然后我的第三反应是"嘣——嘣——嘣是什么意思"。距离他的嘴巴糟蹋我的嘴巴都已经过了一个星期！

我想要修理他，但我还是打开了他的作业，先修改他的作业。当弗里德曼老师读答案时，我注意到罗比的作业绝大多数都做对了，不过他平时的表现并不能印证他的答案。这让我恼火，不过讲真，我为什么在意这个呢？大家都知道游戏是怎么玩的：他会拿着运动员奖学金进入大学，主攻体育健身，然后如果表现得不错，他就毕业之后回到高中担任体育老师，施加压力给新的运动员。一份抄袭的家庭作业对这些事没什么影响。

但是看着手里这份由我打分的作业，我越看越感觉膈应。为什么，噢，为什么我会让这个笨蛋亲我？

下课后我往教室门冲，但罗比一把抓住我的胳膊，把我拉到一旁："我很严肃地告诉你我想知道你在搞什么。为什么那天你来招惹我？"

我挣脱他："什么搞什么名堂？就到此为止，好吗？"

我跑到第二节课的课堂，在死气沉沉的世界历史课上，总算松一口气。

34

教导处

　　"告诉我，"黛利拉轻声说道，"告诉我去往何处才能忘却这些回忆，这些鬼魂。"

　　"让我来指给你看。"他告诉她，随后，他魁梧的身子略微前倾，伸出一双无尽温柔的手，格雷森捧起她的手。

　　格雷森可没有把黛利拉带到教导处（或者是床上，像妈妈其他那些乱七八糟的书里描写的那样），他把她带到一张公园的长凳上，两个人静静坐在那边观看那片宁静安谧的湖水，湖面上天鹅悠闲地游来游去，"柳枝婀娜多姿，轻轻低垂在水面上，俯身去亲吻波光粼粼的湖面。"

　　我坐在希克斯老师办公室门口的那张舒服到要死的塑料凳子上转来转去，一边等他过来，一边想象着一些可爱的天鹅和波光粼粼的水也许给我的心情带来奇迹。事实上，在这会儿，一个空调就够了——为什么这么热？外面的世界如此美好……为什么不打开窗户呢？

　　"你确定他在里面吗？"我向教导处的秘书打听。我其实知道他在里面，我只是在这个死气沉沉的地方闷得难受。

她点了点头："差不多再等一分钟就好了，我保证。而且我相信这次见面很重要，伊万杰琳，坐好再等一会儿。"

我走到饮水机旁给自己接了一杯温水。她又是怎么知道这次见面很重要的？谁又跟谁讲了什么吗？跟我最近的考试成绩突然下滑有关？老师们跟希克斯老师反映了我最近注意力不集中的问题？反映我最新练就的搞砸考试的能力？

还是说……

这是关于……

接吻的事？

我的血压一下子上升，我的脑海中突然闪过一个念头，那就是导师的这次见面可能真的是一次"教导"。

但是……他们真的认为我会告诉希克斯老师？

而且我能在短短二十分钟的休息时间里把所有事都讲清楚？

包括这些人是谁，还有事实上他们都做了什么。

希克斯老师的门打开了。一个留着莫霍克土著发型的嬉皮士大步走出来，穿一身黑色的破洞衬衫，全身各种穿洞，还踩了一双大军靴。

我们互相点了点头，最后一刻他却漫不经心又意味深长地露出一副嘲讽的表情。

这表情是什么意思？当他从来访登记处那个门大摇大摆走出去时，我问我自己，那天他也看见我极其"优雅"地摔倒在那堆垃圾中了吗？

还是说他也听说了我……

接吻的事？

"伊万杰琳？"希克斯老师皮笑肉不笑地说，"进来。"

于是我就走进他那个拥挤不堪的小房间。

"最近怎么样？"

"挺好的。"我说，站在他的桌子前。他桌子上摆着一摞摞文件、成绩单、学校手册、报纸、文件夹……完完全全就是一个灾难现场。

他喝下一大口咖啡，满脸扭曲地咂吧嘴，那咖啡看起来的确很苦，或者很冷，有可能都是。"坐吧。"

"是什么事呢？"我问他，并没有坐下，"我可不想在西班牙语课上迟到。"

他翻开一个写有我名字的牛皮纸文件夹："我会给你开一个证明的，坐吧。"

我的膝盖微微发软。

然后我坐下了。

"我们已经寄了这样的三封信到你们家。"他开始说，然后又满脸挤成一团，一口喝下咖啡杯里剩下的部分。

我的大脑迅速飞转。三封信寄到家里？"已经寄出去了"？为什么我都没有看到它们？再说那些四处拍马屁的人呢？那些高年级的面临无法毕业的危险的人呢？那些在卫生间里抽烟的人呢？非要这么说的话，那些贩卖药物的人呢？那些在卫生间的墙上乱写乱画各种脏话的人呢？那些人怎么没被处理？而我就因为亲了几个男生，搞砸了一次考试，课堂上分了一会儿神就被处理了？

还是别的什么？

希克斯老师用拇指和食指掐着他的咖啡杯子，放在桌子上，看着我的眼睛说："你需要去做社区服务①来补偿，伊万杰琳，如果你不完成你的服务时间，我们就不会让你升学。"他冲我皱着眉头，"即使你的分数的确接近满分。"他把一封文件丢在我面前，"这里是一份我们寄给你的那些文件的复印本。"

我拿起那份文件，仔细阅读起来。我能够感觉到自己内心升起一股莫名的、几乎完全不受控制的怒火。我在等候区紧张了那么久，结果就是这个？

"选一个机构，然后去完成你的服务时长吧。"他不耐烦地说。

我直直地平视着他："希克斯先生，我从没有在邮箱里收到过这些文件。"

"好的，现在你收到了，不是吗？"

他刻薄的语气让我更加恼火。为什么他对我说话像是我欠他钱一样？他就不能稍微……不那么令人讨厌吗？

我整个身体都在发胀，但我还是尽量保持冷静："希克斯先生，我想知道，你把它寄到哪里了？"

他在椅子里转了个身，开始在键盘上敲敲打打，然后指着电脑屏幕说："梧桐路，第七单元，68号。"

"这样，"我说，强压着怒火，"不过我已经不再住那边了。"

---

① 社区服务，Community Service，美国高中对于犯错学生的一种惩罚方式，具体要求为无偿对校内或者校外公共服务机构提供一定的服务时长。

他转了一下眼睛。"好的。"他回答我说，"那可能会有用，如果你告知学校这些事情！"

我的大脑一下子觉得轻快了起来，整个身体几乎要飘起来。"那可能会更有用，"当我从椅子上离开时说，"如果你能立马去死！"

然后我大步流星走出他的办公室，大哭起来。

35

戒尺音调

外面的新鲜空气让我镇静下来。

希克斯先生完全不值得我为他流眼泪。

我深呼一口气，擦掉眼泪，然后跑去上西班牙语课。

跑再快也没有用了，因为我已经迟到了。然后上课时又有一个粉红色的便条寄进来，让我立马去赫尔希老师那边报到。

从她的名字就可以看出来，赫尔希老师并不和善。她一向以雷厉风行、杀伐决断出名，拥有一切我认为一个副校长应该有的——也许并不讨喜的特征。瑞德老师称她为拉克蒙特高中的"戒尺"，这个称呼来自一个英语老师，就很像一天真无邪的比喻，不过她每次提起时都面露凶色。

所以我一点也不想跟赫尔希老师见面。这到底是怎么回事？我，伊万杰琳，一个成绩接近4.0的洛根家的小姐，怎么就要跟拉克蒙特高中的"戒尺"干在一起？

"坐。"让我进到她的办公室之后，赫尔希老师命令道。

我便坐下。

"我们可从没叫我们的教导员们去死。"她说，嘴唇紧闭，鼻孔微微张开。

我愣愣地点点头："我知道，我很抱歉。"

这似乎正中她下怀。

"那么……你为什么要那么做？"

我看着她的眼睛："我……这不重要了，我不应该那么说的，对不起。"

赫尔希老师继续瞪了我一会儿，然后转向她的电脑，翻出我的资料。"你是一个优秀的学生，"她说，然后又转向我，"你的日常生活和工作表现记录也都很出色。你最近遇到什么问题了吗？"

"什么？"

"你今天大发脾气是因为什么吗？"

我盯着我的手看了一会儿，我怎么可以跟一个人说我不知道，来隐瞒我实际上不好解释的一件事？我摇了摇头，然后又看着她："就只是简单犯了错误而已，我需要做什么来赎罪呢？"

一个出乎意料的微笑似乎浮过她的脸："赎罪？"她想了一会儿，然后深呼一口气说，"看在你记录一向很好的份儿上，我觉得一封检讨信就足够了。"她递给我一张纸和一支笔，加了一句，"只要你能给我保证这种事以后不会再发生。"

我点了点头。

"那么给我你新的联系地址，写在那个字条上，然后让我们忘掉这个不幸的事情。"

　　于是我便告诉她我们那套公寓的地址和电话号码，并给希克斯老师写了一封道歉信。

　　尽管在内心深处，我感觉别扭又不确定。

　　尽管在内心深处，我一点都不确定这种事以后不会再发生。

36

新闻快讯

"帕克斯顿说他看到你收到了一个处分！"午餐时艾德丽安走到我这边时说，"我告诉他简直胡说八道。"她犹豫了一下，又说，"他就是在胡说八道，对吧？"

我从牛仔裤口袋翻出那张传唤便条，递给她。

"你去见赫尔希老师了？"她倒吸一口气，"因为什么呢？"

我撕开刚从零食摊上买到的玉米饼的可爱包装："因为我跟希克斯老师说让他去死。"

"不！"她惊呼，"为什么？"

"他要我所有的休息时间都浪费在社区服务上，他那么咄咄逼人，而且那边又那么热。我感觉不耐烦，而且……我不知道……我就是情绪失控了。"

"哇哦……"

这次艾德丽安没有露出她以往的眯眯眼表情，她的脸反而是朝四面八方舒展开，这的确罕见。"好嘛，现在都已经结束了。"我一边说着，一边在那包黏糊糊的玉米卷里挑挑拣拣，"我给希克斯老师写了个字条说我很抱歉……这件事就到此为止了。"我轻轻咬一口玉米卷，咀嚼里面凉凉的豆子，"关于社区服务，你有什么想法吗？"

"噢，精灵舞会应该不错。"

"是吗？"我眯眼看着她，"打扮成精灵的样子然后唱圣诞歌来服务社区？"

"我们以前在儿童医院表演过，你还记得吗？"她叹了一口气，"那些可怜的小孩，我愿意每天都为他们唱歌，如果我可以的话。"然后她看着我说："社区服务其实很简单，伊万杰琳，就找一个机构去做就好了。"

"你听着跟希克斯老师有得一拼。"我嘟囔道。

她耸了耸肩："你也可以就在学校里当助教，帕克斯顿就是这么做的。"

"哪里？"

"我得问他。好像是在周二或者周三，也有可能都是。我去给你打听清楚。"她给我一个狡猾的表情，"或许你可以问问希克斯老师。"

"噢，好的。"我笑起来。

"对了，"她突然满脸洋溢着激动与兴奋问道，"你要不要看一下我们的报纸？"

"好主意。"我说，事实上我很少去翻过她们的报纸。

艾德丽安拿出她的《拉克蒙特时报》，铺展开来，翻到第三页："你绝对想不到把文字和插图搭配好有多难。这里的字数一直超出范围，简直让我抓狂！还有，看到这个劳埃德·莫罗的图片了吗？它一直走偏！我得把它粘贴在这里，又放在最前面，然后保存，但就是不管用！等下一次我再打开它，它还是会跑偏。”

她翻到第二页："这次我们在这里放了这么多的交友信息！你读过这些了吗？我们在这块儿花费了好大的精力。因为我们想着今晚就是春季舞会，而且大家一般在最后一刻去找人约会。现在呢，我们的报纸或许可以让大家更好地了解彼此。你还记得今年一开始我们两个是怎样做了很多丢人的事，然后又怎样去弥补，不让它那么尴尬的吗？"她看着我，脸上洋溢着兴奋，"嘿！或许你应该在这里贴一个广告，来个'寻吻启事'。"

我哼了一声："也许我应该。很明显，看样子我是没办法自己找到一个。"

"有什么新的进展吗？"

我摇了摇头，准备讲出跟安德鲁发生的事，但在我找到合适的词开口之前，她抢先说："你想跟我一起去今晚的舞会吗？"

"你要去跳舞？"

"我得在报纸上报道它，皮肯尼老师强调这'十分重要'。"

我给她一个她自己标志性的眯眯眼："春季舞会跟每一个其他的舞会一个样：吵得不行，没法说话，音乐难听，体育馆又热得难受。"

"我知道，我记着呢，"她耸耸肩，"但是我有任务，我不得不去。"

"不过……为什么是你？难道你们报社没有其他人要去舞会的吗？为什么他们不能去报道它？"

她皱起眉头："显然我就是唯一一个可以用的。"她把《时报》叠起来，然后在背包里翻找她打包好的午餐和水，抱怨道，"那门课上都是一些游手好闲的人。"

"好吧，很抱歉，不过我不太想跟你去那里。"

"我不怪你。"她拆开她一如既往的千层三明治，那三明治已经被挤得粉碎，但看起来还是很可口，"那你准备做什么呢？"

我的玉米卷吃到一半，已经有一点结块："我不知道，今天已经足够烦心，我只希望早点结束。"

说完我把剩下的玉米卷丢进了垃圾桶。

37

消除负面情绪

自怨自艾往往会适得其反。一旦开始，那种情绪就会牢牢钩住你，抓住你往下掉，直到你完完全全地绝望。为了消除我的负面情绪——毫无疑问这来自我的父母，我吃起了冰激凌，读了点书，去先锋唱片店逛了一圈，购物，轰了点音乐，最后准备去艾德丽安家。

但艾德丽安家也没去成，因为妈妈给我留了个便条，让我洗一下碗，拖一下厨房的地。我定下顺序，放了点黑鸦乐队①的布鲁斯摇滚乐后开始忙活起来。我哼着《双倍艰难》《再生炉忌》和《姐妹运气》，洗了碗，又哼着《我曾如此疯狂》《难以捉摸》和《厚与薄》，把碗弄干，摆好；然后又在《她向天使倾诉》《蓝调行进曲》和《冷眼旁观》几首歌中拖了地板，最后又收起垃圾，里里外外整理一番，直到黑鸦乐队不再咕呱乱叫。

当你摇起来的时候，家务活儿就不是什么大事。

事实上，我已经开始感觉好起来！

---

① 黑鸦乐队，The Black Crowes，一支美国摇滚乐队。

等到春季舞会要开始的时间，我已经吃了晚饭——一碗燕麦片和一大盘巧克力蛋糕，读了《心动之吻》的剩余部分，还逼迫自己处理了考砸的那场化学考试的内容单元复习。在弄完后，我想着开始下一部分。我不是在赶上课程进度，而是已经赶在课程进度之前了！这种事不能，绝不能，再一次在我身上发生。我要成为最优秀的那个！专注！

不幸的是，电池和标准电极电位生理上就对一个生性忧郁的女孩和她天马行空的想法没什么吸引力。我的思绪开始飘起来，想起正在跳舞的艾德丽安。

估计艾德丽安这会儿正在享受。

而我却只能在星期五的晚上，待在家里做家务活儿和复习化学？

谁的梦想才会是这个？

反正不是我的！

电话响起来，我便丢下化学书，冲进厨房去接电话。

"嗨，宝贝！"妈妈在那边大喊，"周五快乐。我想知道今晚你跟艾德丽安要做什么？"

她的电话来得有点奇怪，不过听到她的声音这么开心还是很不错："艾德丽安正在忙着报道我们学校的一件事，我正在补化学课程。"

"化学？"那边停顿了一下，然后说，"所以说你们……不在一起？"

还是有点奇怪。我突然意识到事情绝非是妈妈担心我十七岁了，却在周五的晚上独自学习化学这么简单。

然后我了解是怎么一回事了。

"让我猜猜看，他在早餐时放了你鸽子，所以现在等你下班后，你们要一起去吃晚餐。"

那边又停顿了一下，然后用非常坚决的语气，她说："他没有放我鸽子，伊万杰琳，而且我们只是约个甜点，一些甜点和咖啡，仅此而已。"

"嗯……"

"但是如果你一个人在家里，那我就取消好了，我们两人可以一起出去吃点东西，或者看个最新的电影。"

"千万别，妈妈，我很好。"

"你确定？"

"对的。"

但是在我们挂断电话之后，我盯着墙看了将近十分钟。我没法再集中精力在电池和标准电极电位上。这完全是疯了！

我需要出去走走。

我需要做点什么事。

我需要让自己充实起来！

先锋唱片店是关着的，而我唯一能想到的地方就是那个舞会。

38

记忆深处

当我收拾好出发去舞会时，我突然想到我的初吻就是在一次校园舞会上。博蒙特中学学生的父母们每个月都要举办一次舞会——包括我的妈妈，都有"参与"，通常是在周五放学后，所以出席舞会十分方便，但我跟艾德丽安从没去过。而事实是，我们都很害怕。

我们害怕是因为我们从没在体育课以外的地方跳过舞？（跳格子的确也谈不上是什么舞蹈。）

我们是在害怕受到班上那些"怪人"的邀请？

无论是什么，反正我们一直都没有去，直到八年级的升学舞会，我们两人的妈妈都同时强迫我们说："你一定得去，那不仅仅是一个舞蹈，那是一次派对。即使你们不想跳舞，那里也有很多其他的事可以做。"

我们当然渴望去跳舞，只是我们从没跟一个男生跳过舞，而且事实上，我们恐怕都不知道怎么跳舞。于是我们便苦苦纠结，从穿什么衣服，到该怎么表现，以及说什么话——尤其是当那些奇葩的男生邀请我们跳舞的时候。然后在那个大事件的前一天——星期四的晚上，我们终于认真实践起来。我们花了好几个小时在我的卧室里，打开音响，努力搞定它。

妈妈和爸爸觉得我们有点歇斯底里，就给我们示范怎样跳快舞，然后又示范慢舞。"尽管你们也许并不会跳任何慢舞，"他们在我卧室中央踢踢踏踏地跳了一圈后，爸爸说，"记住我的话，八年级的男生对于慢舞可是十分恐惧的。"

那次家长指导应该是出于好心的，但事实上，这给我们的感觉是尴尬多于指导。"我爸爸从不跳舞。"艾德丽安在我耳边轻轻说。

我冲她点了点头，然后跟还在转来转去的爸爸妈妈说："谢了，两位，我们知道了。我们现在要去艾德丽安家，敲定要穿什么。"

在往她家走时，艾德丽安问了我一个我一直都不愿意提起的问题："要是卢卡斯邀请你跳舞，怎么办？"

我反击道："要是诺亚邀请你跳舞，怎么办？"

我们都笑起来，然后达成共识："他们不会的！"

但是我们都错了。至少，我们错了一半。诺亚是在那边，但他一直在一处他们隔离开来的地方，忙着玩桌球和乒乓球。

但卢卡斯在最后三首歌的时间是跟我跳的舞。

并且在那个耗时巨长的舞蹈的最后几秒钟，他突然凑上前亲了我。

那是一个汗津津的、嘴唇黏在一起的吻，但那个吻让我最后一整个星期都在学校里跳上跳下，直到我发现卢卡斯一家要搬去乔治亚城。

"乔治亚！"我哭着说，"乔治亚有什么？"

"我爸爸工作得到了一次晋升。"他说，踢飞脚底一块石头。

我给了他我的电子邮件、我的地址，还有我的电话号码。

但我再也没有听说过他。

39

口水冲澡

格雷森轻轻地让她旋转，在舞池里，他的步子自信又轻快。很快他就被她深深迷住——她的气味、她的面容、她的细腻的皮肤，还有她水晶般透彻的眼睛——这个让人黯然销魂的尤物是谁？他在过去怎么就没有注意到她？

当音乐停止，他盯着她的眼睛，再也无法抑制住自己内心的冲动，捧起她绸缎一样丝滑的手到自己的唇边。

在《心动之吻》的这段浪漫情节的支撑下，我来到了学校里，想着有一些美好的事即将发生。也许有人将我轻轻旋转，甚至会给我一个心动之吻！

我知道体育馆会很热，所以我相应地收拾了一下，从妈妈的衣盒最深处翻出一件红色的露背衫。我在门口付了五美元，然后进去了。

舞会已经开始将近一个半小时，体育馆又闷又黑。我在人群中走来走去寻找艾德丽安，当我不小心撞到什么人的时候，我的眼睛还在适应里面的黑暗。

"不好意思！"我说。

但立马得到一句："贱人！"

简直完美。体育馆里成千上百的人，我正好撞上了桑笙·霍尔登。

桑笙·霍尔登，她在做什么，我注意到，她正一只手搂着另一只胳膊，而那个人不是罗比·马歇尔。

不，那是斯图·提拉尔德的手。

显然我的下巴要……已经从下槽里掉到地上，因为桑笙低吼着说："就这样吧。"

"反正是这样了。"我回答她。

"反正是你的错！"我穿过时，她在我耳边气呼呼地说。

"反正你很幸运！"我喊道，然后加了一句，"斯图将会是一个更好的接吻对象！"

我躲开他们两个，直至走向人群，寻找艾德丽安，或者任何一个友好的面孔也行。一个人站在拥挤的体育馆，尤其是当所有人都有一个什么人陪着，就真的很……尴尬。那种感觉就像是每个人都在盯着你，然后说："你没有任何朋友吗？你约不到任何一个人吗？没有任何一个人想要跟你跳舞吗？"

我深呼一口气。

告诉我自己："喊出你的梦想，幻想你的梦想，追求你的梦想。"

你这样没精打采是找不到心动之吻的！体育馆里缺什么都不缺男的！找一个喜欢的！跳个舞！开心点！

突然有一双温柔的手抓住我的胳膊肘："伊万杰琳？"

　　我转过身，看到一个微笑着的……布莱克·詹尼斯？我们在高一刚入学的时候有几节课是一起的，不过自那之后我不记得再见过他。他猛地长高了，变帅了不少。

　　"布莱克？"

　　"哇哦，你看起来好棒！"他说，上上下下打量着我。

　　"我都不知道你还在这里上学。"我透过嘈杂的音乐声说。

　　"我没有！我只是还有一些朋友在这里，他们邀请我来的。你怎么样？"

　　"很好！你呢？"

　　"也很好！"

　　我们微笑着看着彼此，一开始十分真挚，随后有点尴尬起来，似乎已经把能说的说完了。

　　他看着那些摇动的荧光棒："你想跳舞吗？"

　　他站得离我非常近，我能感受到他那温暖又舒畅的呼吸。"好啊！"我回答说。

　　跳舞有一种魔力，就是你被丢给一个你可能并不了解的人，但这并不妨碍什么。女生们环抱着男生，男生又注意听女生们讲什么，人们就像动物一样旋转，当音乐停止时，他们便停下散开，仿佛也不是什么大事。如果你白天在校园里这么做，可能会引起轰动，那么在舞池里呢？似乎没有人会关心。

　　无论怎样，在我说"好啊"的那一瞬间，布莱克拉起我的手，把我拽进翻滚着汗水和止汗露的人海里。体育馆里响起一首并不适合跳慢舞的贝斯声，布莱克还是抓住我开始摇摆。

几个旋律之后，他开始轻吻我的肩膀，慢慢滑向脖子和耳垂，然后他开始轻舔我的耳朵边缘，并在我耳朵旁边轻轻吹气。

我把他推开，但没多久他就又把我拽回来，继续瞄准我的耳朵，而且这次他把舌头伸进里面，又一圈圈在边缘打转。

唾液开始滴到我的脖子处。

他完全是在给我洗一个口水澡！

我的耳朵几乎要发炎！

我想要尖叫："那是耳朵，兄弟！一只耳朵！"但事实上我只是把他推开。

"怎么了？"他问。

我胡乱地抹干脖子和耳朵，试图跟他交涉："这有点过了，就这样。"

他咧开嘴笑起来，完全误解了我的意思："你想要出去吗？那更好啊。"

我摇了摇头："我现在……必须得去找我朋友。"随后我便做了在校园舞会上所有女孩，当她们对一个男生感到绝望、想要逃离时会做的事——直奔更衣室。

40

半路拦截

在我逃去更衣室的路上，我被杰思敏·赫尔南德斯拦住。杰思敏·赫尔南德斯，自从七年级以来就没有再理过我。而且其实自从她跟那些学校里的愣头愣脑的混混儿混在一起后，我也不是很想理她。

"你跟罗比一起来的吗？"她问。

"不是！"我说，冲她撇了撇嘴。

"所以你们现在没有在一起了吗？"

"没有！"

"但是我听说他因为你跟桑笙分手了！我刚才还在这里看到桑笙跟斯图在一起！"

我使劲摇了摇头："他并没有因为我跟她分手。我跟他什么都不想发生。"

她的下巴几乎掉下来："你怎么会什么都不想跟他发生呢？他都帅炸了。"

我耸耸肩："那你上吧，杰思敏。"

我又继续往更衣室奔，当我走过去的时候，借着更衣室的光，看到一个女孩子走向我。可算能够松一口气了！"艾德丽安！"

"我不敢相信你居然来这里了！"她喊道。

"我也没法相信！"

"哇哦，看看你！"她说，"很明显你不是奔着采访任务而来的。"

我耸了耸肩："毕竟是一个舞会。"

"那……你跟谁跳过舞了吗？"她靠过来，"或者，跟谁接吻了吗？"

我把她远远地拉到更衣室的灯光照不到的地方，跟她讲了关于布莱克·詹尼斯的事。

"咦……"她惊叹，"咦……咦……咦！"

我甩了甩耳朵："我需要一根棉签！"

艾德丽安笑着说："口水都流成一条河了。"

我也笑起来，然后说："讲真，我不认为我能够在这里找到一个心动之吻。你得待多久呢？你可以去我家，今晚在那边过夜吗？我们可以看部电影……或者租一部片子？"

她摁了一下她腕表上的亮灯按钮："布罗迪十一点会来接我。我明天早上九点得去合唱团排练……"

"我会把你按时送到那边的。"

她满脸质疑地看着我，因为我们过去通常都会彻夜聊天。

"来吧！"

"好吧。不过我得先去访谈DJ，那不会很久，你可以十五分钟以后来这边找我吗？"

我耸耸肩："当然。"

但是坐在那边等艾德丽安回来，盯着摇来摇去的荧光棒看了五分钟之后，我开始各种不自在。我的双手突然充满一股奇怪与别扭的感觉，放在哪里都不是。我意识到那是更衣室的灯光照在我身上的缘故。那感觉就像是有那么一束聚光灯，这束聚光灯打在一个呆头呆脑、没人搭理的壁花身上，攥着一双无处安放的双手，尴尬地站在女更衣室旁边。

我最后挪到了黑暗处稍稍安全一点的看台上。我坐在第一排边上，独自一人，眼睛盯着艾德丽安一会儿来见我的地方。

布莱克·詹尼斯搂着一个女孩走过去。

那女孩看起来像是新生。

我说不清楚她的耳朵是湿的，还是干的。

几分钟后，桑笙·霍尔登摇摇晃晃地走过去，估计是醉了，哭得撕心裂肺的。

斯图·提拉尔德却不见踪影。

露台上我后面的座位开始砰砰砰摇晃起来，当我转过身，看到艾迪·帕斯科正朝我走来。

艾迪·帕斯科是拉克蒙特中学的足球之星。他几乎走到哪里都踢着一颗球。在课间、午饭时间、放学后、回家路上、越野赛的课上……他的足球从不离脚。他的其中一任女友在甩掉他时，用记号笔在他的足球上画了一双大眼睛和一张大嘴唇，并写下"艾迪的真爱"。几乎所有人都默认那是拉克蒙特高中最酷的一次分手场景。

艾迪·帕斯科还跟我一起上心理学的课。他坐在后排满脑子都是他的足球，毫无疑问惹得斯提尔斯老师非常恼火。

"过去我从没在舞会上见过你。"艾迪说着，坐在我旁边。

"我不擅长跳舞。"我承认说。

"不过现在你在这里了。"他说，眨了眨眼睛。

我哼了一声："我一定是疯了。"

"早听说了。"他点点头。

"嘿！"我反手拍拍他，"这样可不好哦！"

他笑起来："所以你跟谁一起来的？"

"没有人。"我看着他，"你带着你的足球过来的？"

他咧开嘴，冲我露出一个灿烂迷人的微笑："这样可不好哦！"

我耸了耸肩膀，但我能感受到自己的脸涨得通红。

他继续保持着他那性感的微笑："想要跳舞吗？"

我那依旧湿答答的耳朵让我警觉。"这说不上，"我一边说，一边打量着他，"那得看你是什么类型的接吻对象。"

他笑得更灿烂了："这会不会有一点老套？"

"如果你要咬我耳朵的话，我是不会跟你出去的。"我坚定地说，"我今晚已经被咬得够多了。"

"我对你的耳朵并不感兴趣。"他说着，然后用手捧起我的脸，将我们的脸贴在一起。

41

醉意醺醺

艾迪·帕斯科的嘴唇尝起来就像啤酒配辣鸡翅，还是那种带着类似于……烤焦的味道。口感、气味都很难不被注意到。很熟悉，却又说不上的感觉。

到底是什么呢？

我在哪里闻到过这种味道？

在……卫生间？

当我联想到这里，我立马推开他，疯了一样敲自己的脑袋。艾迪·帕斯科完全僵在那里！

"嘿！你要去哪里？"他问着，一把将我拉回。

"呃……你喝醉了？"我说，试图脱开身。

他苦笑着说："哎，多大点事，我就喝了，一两杯啤酒，然后吸了一两口而已。就这些。"

我推开他："不好意思，我只是不喜欢那样。"

不过我又十分矛盾。我不想跟一个喜欢喝啤酒和抽大麻的人在一起，但我却让这个瘾君子吻了我。

　　而且最致命的是……那并不是一个稀里糊涂、暗淡模糊的吻，也不是一个轻描淡写的吻。

　　相反，它是超越了心动，疯狂到流光溢彩的吻。

42

追忆过往

当我们最终走出体育馆时，布罗迪已经在停车场等着，于是艾德丽安求我一起去她们家过夜，我也没有过多推辞就答应了。我还陷在跟艾迪的事里。

艾德丽安并没有看到那个吻，我也不确定我是不是真的想告诉她这件事。不过我肯定不想在布罗迪面前提起他！（总有一些事你不会在兄弟面前提起，尽管你跟他们有血缘关系，而且也见怪不怪。）

所以当艾德丽安聊起她跟那个DJ的采访时，我就在音响上找一些舒缓的摇滚乐，让自己从跟艾迪·帕斯科那个火热的吻中冷静下来。但好像没什么用，他的那个吻就像是电影回放一般，卡在我脑海中挥散不去。

我到10:58才回到公寓里，结果发现妈妈不在家。

"甜点和咖啡，"我冷笑着咕哝，"甜点配咖啡，就这样。"

我大口大口地吞着装在卡通盒子里的巧克力蛋糕，企图来以此冷却艾迪那个吻带来的丝丝余热。

一口又一口。

11:37，我终于推开那个卡通盒子，去卫生间卸了妆、洗了脸，然后上床睡觉。但直到床头钟上的数字跳到12：02，叮叮当当的手镯和钥匙宣布妈妈回来时，我依旧毫无睡意。

"玩得很开心吧？"我喊道，"你现在觉得他还是以前那个人？"

她走到我的房间里："请不要这样。我跟你的爸爸有很多事情要谈。"

即使在走廊里照进来的昏暗灯光下，我依旧能看到她今天的打扮，我已经很久都没有见过了：合身的皮夹克、紧身的牛仔裤、时尚的靴子……完全是我爸爸喜欢的风格。

我将被子盖过肩膀转过身去。

她继续说："我本想着给你打个电话，但害怕会吵醒你……"

我掉过头坐起来："你怎么可以跟他说话？你怎么可以还相信他？你明明知道他会做什么事！"

"我不傻，伊万杰琳，但是我们结婚十八年了，我们有很多过去，有很多在一起的回忆，这些事很难轻易翻篇的。"

我又翻过身躺下。让你们有你们的过去好了，让你们有你们的回忆。我才不要想起过去的他还是她是什么样子。

我有我自己难以摆脱的一丝回忆。

43

未接来电

第二天早上爸爸早早打电话过来。（好吧，其实已经十点；呃，但是在周六的早上，任何时间都是早的。）我知道那是他，因为我能听到妈妈那侧传来的谈话声：

"不，没事的，我已经起了。"

（这个骗子。）

"那听着挺有意思的……"

（是，最好是。）

"不，我不认为这是个好主意。"

（终于！她说出了自己的真实感受。）

"我会告诉她。"

（等等，她？是谁？我吗？）

"他的名字叫什么来着？"

（他的名字？谁的名字？）

"他一定是弄丢了电话本。"

（有人——有个男生——想要联系我？谁呢？）

　　我焦急地等，一个漫长的停顿，然后妈妈的声音再次响起："也许你觉得那是一个好机会，乔恩，但我觉得她不会接听你的电话的。不过我会转告她的。"

　　她这会儿听起来如此坚定，如此了然于胸，如此出乎意料地冷静。

　　但是又停了一会儿之后，她的冷静中混入了一些其他的点。"乔恩，她没有跟谁约会，"她小声说，"如果有的话，我会知道的，不是吗？而且即使她跟谁约会又怎么样呢？你忘了她都要十七岁了吗？"

　　（耶！）

　　"为什么他会打到你那边？她要给也应该给这边的号码！"

　　（逻辑得一分！）

　　然后妈妈扯开嗓门愤怒地喊道："乔恩，停下！你没有任何权力去把关她的男朋友们！"

　　（男朋友们？）

　　"不，你得听我说，不要再想着控制一切！"

　　当她要挂断时，我从我的卧室冲出去："这就是你跟他说话的结果！"我也是十分认真。

　　她闭上眼睛，我看到她极力保持镇静，但是她的脸依旧涨得通红，鼻孔呼着粗气。然后差不多冷静了那么十秒钟之后，她把电话本递给我。"我相信你都听到了，你有一个电话。"她打量着我，"有什么人是我们应该知道的吗？"

　　"我们？"我皱起眉毛瞪大眼睛，疑惑地看着她。

　　"我。有什么人是我应该知道的吗？"

　　我读了一下电话簿上潦潦草草的数字，然后故作镇定地说："就数学课上一个同学。可能是来问家庭作业的。"

　　我是绝对不会告诉她我跟罗比·马歇尔的事情。

44

挥动的粉色铁锹

整个周末，我都壮士断腕，一心扑在我的作业上。我还洗了点衣服，整理了自己的衣物，在超音速的旋律里，听了喷气机乐队①的《降生》，然后去薇鲁家度过星期天的下午。

毫无疑问，我并没有回电话给罗比·马歇尔。

薇鲁家还是跟过去一个样。艾德丽安的父母懒洋洋躺在他们家露台上，享受那天美好的天气，一边翻着星期天的报纸，一边翻着成堆的文件。

布罗迪、艾德丽安和我钻到车库里，轰着音乐，紧张激烈地打乒乓球。我们在争一个"金乒乓球拍"。其实也就是一个普通的乒乓球拍，很久以前喷了点金色——而且现在也就剩那么一丢丢颜色在上面。背景的摇滚乐响起，我完完全全开启扣杀模式，这也是为什么艾德丽安在跟我对决的时候总是调换音乐，她知道说唱、合成乐，或者流行乐会让我泄气许多。她这招可谓屡试不爽。不过布罗迪似乎也更喜欢摇滚乐，他

①喷气机乐队，Jet，一支澳大利亚摇滚乐队。

会更猛烈地反击。我就喜欢这样。

其间，我突然意识到艾德丽安还不知道我跟艾迪的那个吻，还有跟安德鲁的那个，她也不知道罗比给我打过电话，还约我出去的事，但是一整个下午我都没有跟她提起。我只想在离开前，在薇鲁家享受一些轻松的时刻，跟过去一样。

在回家的路上，我一定是完全沉浸在过去美好的日子里太深，竟然不知不觉绕到了我们以前的房子里。自打我们搬出去以后，为了避开那所房子，每次去艾德丽安家我都会绕一大圈。出于一些原因，我还是没法看它一眼。

我想妈妈也跟我的感觉一样。这也是为什么搬出去的是我跟妈妈，而不是我爸爸。

早些时候，我的确回去过一次，去拿回我自己的iPod和一大盒CD，那是我们搬出去的时候落下的。我还想着去夺回电脑。凭什么把它留给爸爸？他不过就是用它上网冲浪，需要时发个演出声明的电子邮件而已，而我要上学，电脑可是必备品。

但是当我到那边时，只看到一个"闲物出售"的牌子方方正正地挂在那边。

我的家，我的童年，正在被当作"闲物"来"出售"。

我站在房屋四周的木槿花丛旁，盯着那个牌子。好一会儿我才意识到这些木槿花已经长得这么高。这一切是什么时候发生的？它们都已经高过我，姹紫嫣红，花丛簇拥在一起，围着房子绕成一道美丽的篱笆，有红色，有黄色，也有粉色。

我脑海中闪过在我还蹒跚学步时，挥着一把粉色的铁锹，跟妈妈一起在花园打理木槿花丛的画面。那时这些花儿还是小小一株，一茌茌幼苗刚刚冒一点叶子，在风中颤巍巍地抖，仿佛是担心我不安分的脚会将它们硬生生踩扁。

但此刻，看着那张"闲物出售"的牌子在下午的微风中晃荡，好像是在提醒我这一切都多么讽刺——这些花团已经长大，花儿怒放，而我自己却感觉如此渺小又脆弱不堪。

我既没有拿回我的iPod和CD，也没有拿回电脑。我只是径直走回公寓里，蒙着被子哭了一场。自此之后，我就再也没有回去过。我为什么非要折磨我自己不可？

但这会儿，我在离开艾德丽安家时一定是鬼迷心窍了，因为我突然发现自己正在往木槿花丛那边走。

我本可以在看到房子之前就转身离开，但我又劝自己说这很没劲。我就走过去了！可我已经不是生活在过去了！我有地方要去！有人要吻！有梦想去追求！

但我还是走过去了。我注意到的第一件事就是那个"闲物出售"的牌子不见了。

我突然被一阵强烈的恐惧所吞没。

这个房子已经被卖掉了吗？

为什么都没有人告诉过我？

但这种恐惧很快又转换成震惊——我看到妈妈的车挨着爸爸的车停在路旁。

　　妈妈的丰田和爸爸的福特野马。看到他们的车停在一起，那种感觉是如此陌生，尽管在过去它们已经那样停了好多年。

　　我试着说服自己，他们的车停在一起，并不代表我的父母他们人也在一起。也许只是因为妈妈现在已经足够强大，也足够勇敢去面对回忆，她只是需要告诉他些什么，来治愈她那颗被爸爸伤得支离破碎的心。

　　我想走上门去。

　　但……我要做什么呢？敲门？直接走进去？

　　我要说什么？

　　"我回家了?!"

　　这也太可笑了。

　　我们已经无路可退。

45

鬼迷心窍

黛利拉扑倒在姐姐的坟墓上大声痛哭，没有人注意到她离开了那所房子，所以这会儿她终于可以让她那忍了很久的眼泪奔涌而出，为什么是伊莉丝？她在内心哀号，她这么年轻、天真，又这么好。这个问题疯狂地萦绕在黛利拉的脑海中，她的身体被那种巨大的悲痛所震动。她使劲想，却怎么也想不出合适的理由。

在老房子和新公寓之间有一片坟地。那片坟地就在主干道旁边，隔着一片小树林，年代非常久远。里面的石板都已经斑驳，长满青苔，周边的树都郁郁葱葱，树枝蔓延，缠绵在一起，挂满常青藤，地上杂草丛生。我敢确定已经有一百年没有新的人埋在这里。

那是那种典型的会让人毛骨悚然的坟地，过去我跟艾德丽安在从学校回家的路上经常去那边寻求刺激。一开始，那只是"我赌你绝不敢爬过篱笆"，后来就成了"我赌你绝不敢摸石碑"！慢慢地，我们在那片坟地的冒险走得越来越深，最后在我们五年级时，那年的10月1日，我们一直走到了一座放了四口棺材的鬼屋的地下室。

我们可真是勇敢的女孩子!

我已经很多年没有再去过那边,但那会儿我又很想去那边看看。

我没有扑在任何一座坟上痛哭流涕,我甚至都没有哭。我有什么好哭的呢?我周围没有任何人死去。相反,我只是走走而已,而且事实上我反而感觉非常安逸、非常安静。我可以远远听到车辆行驶的声音,不过也寥寥无几。鸟儿在歌唱,蝴蝶在翩翩起舞,树叶在傍晚的风中沙沙作响,让人心旷神怡。我甚至觉得非常享受,直到我意识到自己在做一件过去从来没有做过的事:

我在读墓碑上的名字。

这让我感觉非常怪诞,甚至有点不安,不是因为这些人曾经活过,而现在都已死去的事实,而是因为我在寻找一个名字。

伊莉丝。

"你为什么要做这种事?"我喃喃自语,但又没有要停下来的意思,"你一定是疯了!"我从牙缝里挤出一句话,"她不是真实的人物,她压根儿不存在。"

最后我踏着渐渐黑下来的天空回到家里。黑暗、恐惧、不安,感觉没有什么是真的,也许这个故事和那种激情都是虚幻的。

当我急匆匆离开坟地的时候,不停地往后看。当我穿过大门的时候,我开始跑起来,甩着胳膊,烧着脾脏,飞着步子,我跑啊跑。

我到达公寓后,尽力让自己平静下来,但是当我走进门时,心又止不住地疯狂跳上跳下。

　　"你终于回来了！"妈妈喊道，"我都担心死了！艾德丽安说你很早就离开了她家！"

　　已经过去很久了吗？

　　我索性不去抑制自己的喘气："我只是去锻炼了而已。"

　　"锻炼？好几个小时？穿着牛仔裤和针织衫锻炼？"

　　我故作镇定地笑起来："外面天气这么好。我走了好几公里呢！"

　　我怎么可能会告诉她我大晚上是在一片坟地上转悠，寻找一些根本不存在的东西？

　　说出来我自己都不信。

46

重金属之吻

很明显，罗比·马歇尔因为被我无视而蔘毛了。星期一的早上当我来到校园时，他已经潜伏在数学课教室附近，在我逃开之前就一把抓住我的胳膊："你为什么不回我电话？"

我拉下脸："有哪条法律规定我一定得回你电话吗？"

"当有人打四次电话给你，你就应该回复，这就是规定。"

我猛地抽出我的胳膊："应该有一条法律禁止有人打四次电话给同一个人！"

痛苦霎时充满他的眼睛："跟我接吻，就这么不堪？"

就在一瞬间，我脑补出这么一条信息传播路径：我在舞会上给桑笙说了这么一句狗血的话，而斯图听到了。他们两个中的某一个人又把这句话传回给罗比。

也许是桑笙。

被抛弃的恋人就不能要点脸？

噢，我这是都跟什么人拍拖？我完全是蠢到家了，才会跟她说这种话，而且我早就应该想到这句话会传到罗比的耳朵里。

我长叹一口气："呶，我很抱歉。毫无疑问有很多女生都觉得你是一个理想的接吻对象。"

"但是你不觉得。"他说，眼神依旧带着痛苦。

"别管我，我又知道什么呢？多想想桑笙、杰思敏或者妮可拉。"我向上挥了挥手，"任何人都行，"我笑着说，"我敢保证对你来说找到一个合拍的接吻对象肯定没什么问题。"

"但我觉得我们两个就很合适。"他晃着脑袋，"我真心觉得我们两个就很合适！"

"嗯……"我把嘴拧到一边，想着怎么解释才好，"我觉得我是一个古典乐或者布鲁斯式的接吻者，而你完全是重金属式的。"

他盯着我，眉毛拧成一团："你是啥？接吻界的莫扎特？而我是，金属乐队①？"

我笑起来。"你更像是活结乐队②。"我一边开始往教室里走，一边说，"我们学校有那么多的重金属妹子，罗比，但我恰好不是。"

"等一等！"他说，追到我身边，"所以莫扎特式的吻是什么样的？"

我顿住了，因为这点突然击中了我。为什么他这么关心？如果有那么一件事我可以确定的话，那就是罗比·马歇尔对古典乐毫无兴趣。再者，平心而论，我对古典乐的了解其实也十分有限。于是我说："事实上比起莫扎特，我更像是史蒂夫·雷·沃恩①。"

---

① 金属乐队，Metallica，一支美国重金属乐队。
② 活结乐队，Slipknot，一支美国重金属乐队。
③ 史蒂夫·雷·沃恩，Stevie Ray Vaughn，美国吉他手，20世纪最伟大的吉他手之一。

"谁？"

"布鲁斯吉他手？写过《火力交叉》《得克萨斯洪水》《没有你的日子》？年纪轻轻就死于一场空难。"

"噢，噢，这样。"他说，很明显他对史蒂夫·雷·沃恩和他的音乐一无所知，不过他又有什么理由一定得知道一个在他出生前就已经挂掉的布鲁斯吉他手？

那我又是怎么知道的？

我的大脑中又一次脑补出一条线，而且这条线给我带来一阵痛楚，它将爸爸带回到我面前。他，还有他放在客厅里的那把旧了的原声吉他；他漫不经心又自由自在地改编埃里克·克里普敦、布鲁斯·斯普林斯汀[1]，还有史蒂夫·雷·沃恩的样子，伴随着颤动的吉他弦，时而轻声，时而高亢地歌唱。

"那是什么歌？"在我大概九岁那年，当他第一次唱《没有你的日子》时，我曾问过他。

"史蒂夫·雷·沃恩的一首歌。"他跟我讲，然后他从头为我唱了一遍。

当他唱完时，我像往常一样为他鼓掌，而他也一如往常拿着吉他深鞠一躬，然后我说出自己脑海里的东西："这听着像你上次弹的那首《渺小羽翼》，好像是出自一个叫吉米什么的歌手。"

他看了我一会儿，然后把吉他放下来，将我搂进怀里："你可真是

---

[1] 埃里克·克里普敦，Eric Clapton，因果吉他手布鲁斯·斯普林斯汀。

天才，我的天使！一个真真正正的天才！"

"我就是！"我咯咯地笑起来。

"史蒂夫·雷·沃恩就是被吉米·亨德里克斯影响，我刚刚弹的那首歌就是最好的例子！"他转过身，喊道，"洛雷娜！亲爱的！我们的小天使可是一个音乐天才！"

在那一刻，我的世界充满幸福、快乐。

"所以史蒂夫·雷……沃什么式的吻是什么样的？"罗比问我。

我摇了摇头，从他身边走过去。"忘掉史蒂夫·雷·沃恩吧，"我清了清嗓子说，"史蒂夫·雷·沃恩已经死了。"

47

花心大萝卜

我在周末的认真复习并没有起什么作用。我在数学课上完全是晕头转向，在历史课上脑袋也是空空如也。我在课间找不到艾德丽安，随后的西班牙语课和美国文学课又是马马虎虎。在午餐的时候，我甚至都没有去找艾德丽安的兴致。我只想一个人待着。

不幸的是，斯图·提拉尔德可不这么想。"嗨，美女，等一下！"我漫无目的地在校园里转悠时他叫住了我。

我瞪着他："我什么时候成了'美女'了，花心大萝卜？"

他把一只胳膊搭在我的肩膀上，十分腼腆地冲我笑着："我觉得你一直都是，就是我太笨，没意识到。"

"很好，"我说着，龇着牙冲他笑回去。这是我那一整天第一次笑，不过这是为了应付那个花心大萝卜，所以我并没有让自己被他的话圈到，而是主动出击，改变话题，"所以，桑笙在哪里？"

"桑笙？"他若有所思地点着头，"拉克蒙特高中的乌云将她遮住了。"①

　　我眯着眼看着他："什么？"

　　他笑起来："嘿，别扫兴，我只是想着表现得更聪明、更文艺一点，好配得上你的才华。"

　　我眼睛眯得更加厉害。花心大萝卜想要更聪明、更文艺一点，就已经够呛，更别提他还是为了配得上某个人的"才华"。

　　更令人匪夷所思的是……他还说得这么理直气壮又漫不经心，还搞得挺像那么一回事。

　　他哼了一声："好吧，她就只会为罗比哭哭啼啼，我可没兴趣给别人收拾烂摊子。"

　　在我们往前走的时候，他的手很自然而然地从我的肩膀滑到我的腰上。我摇了摇头："就到这里，斯图，你已经把我对你的好感全部'蹦蹦跳跳'掉了。"

　　他一条眉毛高高地拱起："你是在说我上次在路上丢给你的那个精彩绝妙的评论？"

　　"你可不是丢给我一个人的，你是大喊大叫、四处八卦，另外别装模作样了！我感觉你就是来膈应我的。"

　　他把我转过来，面对着他："我没那么傻，伊万杰琳，我只是想要了解你。"

　　"了解我？为什么？"

————

① 桑笙，Sunshine，本意为"阳光"。

他突然露出一个腼腆的笑容："我发现您最近的变化很引人注目。"

我捶了一下他的胸口："别再这样说话！"

"这让你感到'惊惑'吗？"

"'惊惑'？别！"我眯眼盯着他，"有这样的词吗？"

他笑起来："我有关于你的一套理论。"

"关于我的一套理论？我才不要你有关于我的一套理论！别理我，可以吗？忘了我的存在，跟你一个月以前那样对我就好！"

好吧，他没理我："我的结论就是，你，伊万杰琳·比安卡·洛根，正在寻求一个完美的吻。"

我僵住了。他怎么会知道我的中间名字？

他把我拉得更近一些，他的手劲很大，不过没弄疼我："罗比、贾斯汀、安德鲁、布莱克、艾迪，加上那个在星巴克遇到的家伙，还有一些我可能还没听说的……你就是在找一个东西，而且我认为我就有那个。"

他的呼吸很暖，带着绿薄荷的味道，我在过去从没注意过他的嘴唇，但现在我就只能看到它。"我没有亲布莱克，"我抗议道，"他舔我的耳朵来着，那个不算……"

他的嘴巴朝着我的吻过来，似碰非碰地轻轻在我嘴唇上扫过。"你说得对，"他低声说，"他可不能亲到一个女神。"

一个女神？

当他把我拽得更紧一些，跟我展示他的吻如何完成的时候，我感觉自己就要融化在他的胳膊里。

　　那是一个，稍有迟疑，又落得天衣无缝的吻，而且吻到深处时，我忍不住吻回去，期待能够被这一心动之吻的魔力所填满。

　　我等啊等……

　　等啊等……

　　但什么都没有发生。

　　什么都没有。

48

带球切入

斯图想要一个亲吻反馈。

"从一到十，你要给这个吻打多少分？"

"噢，别闹了。"

"噢，得了，承认吧，肯定是十分！"

我摇了摇头："我不会做这种事的，斯图。"然后我又加了一句，"不过我想说你的吻技和风格真的不错。"

"啊哈！"他咕呱乱叫起来，"比罗比要好很多，对吧？"

这简直是没脑子，但我说："没什么好比的。"

然后我突然意识到的确是如此，斯图没罗比那么性感，运动能力也没罗比那么发达。总而言之，不像罗比那么受欢迎，在某一方面击败他，任何一方面都行——当然，除了学习成绩，对于满足斯图那颗虚荣的直男心来说非常关键。

但是，我仍然不想去迎合这种心态。他叫我女神，但他却把我当作一个得分器！于是我说："我很不想戳破你，但是斯图，接吻不是一项运动。"

"它当然是，"他笑嘻嘻地说，"那是一项身体接触项目！"

我也笑起来，至少在幽默和机智这方面，他完胜罗比。

"所以我们的运动进行到哪里了？"他问道，并抓住我，一把将我搂进怀里，"这只能说是第一回合，对吧？我觉得是时候开始第二回合。"

我从他怀里挣脱："不好意思，斯图，我得吹口哨叫停了。"

"你这是要我坐冷板凳？"

他夸张地噘着嘴，看起来真心有点……膈应，不过我注意到有人正在看我们。"我们现在有个伴了。"我说，朝桑笙的方向点了点头。

"啊，天……哪。"看到桑笙时，他立马哀号起来。

这两个词并没有什么用，我跟斯图分开，而桑笙怒气冲冲地向我走过来。不，斯图这是在脚踏两条船！很明显，桑笙并不知道斯图不愿意收拾罗比的烂摊子，把自己当作单身，想怎么着就怎么着；而桑笙却认为自己是在一段专一的关系中，她并没有想过这么快就放开斯图。

"你真是坏透了，"我鄙视地说，"记住你自己在哪一个队，好吗？"然后，为了不让他那么尴尬和丢脸，我在他胳膊上给了一拳，然后走开了。

在化学课上，我尽力不去想斯图以及他是如何知道我的接吻历史的，也尽力不去想他娴熟唯美的吻如何让我心寒，还极力不去想也不去问，我自己到底是哪根筋不对。

相反，我专心听基拉伊老师讲课。尽管看着基拉伊老师在黑板上比画的中指，很容易让人忽略课堂内容，但我还是没有让自己走神。我专心听他讲的每一个字，水的电子、氢离子为负、氧离子为正……这样就搞清楚了。

然后我去上心理学的课，当我坐下来时，让我震惊的是，我已经跟这个教室里的两个人接过吻，跟我讲"不用客气"的安德鲁·普利考特和"并不是只有你的耳朵吸引我"的艾迪·帕斯科。

十二个中的……两个（当然只算男生）。

那就是说我跟班上六分之一的男生接过吻。

整整六分之一。

如果是三个的话，那就是四分之一！

四个的话就是三分之一！

如果六个的话，就得是整整一半！

我环顾四周，看其他十个潜在接吻对象，突然对上安德鲁的眼神。

他尴尬地挥了挥手，像极了一条小狗。

我也挥了挥手，立马转过身。

然后艾迪·帕斯科拖拖拉拉走进教室，我记得他的吻让我感到有一阵电流穿过我的身体，爬上我的脸颊。

艾迪脸上笑嘻嘻的，带着他的足球从我桌子旁穿过。"想跳舞吗？"他轻声说，然后坐到他位于教室后排的座位上。

我坐直身子，看着前方，完全不敢再看后面。

斯提尔斯老师点了名，长叹了一口气，开始那天的最后一堂课。那天的主题是齐格蒙特·弗洛伊德①，讽刺的是，斯提尔斯老师死气沉沉的

---

① 齐格蒙特·弗洛伊德，Sigmund Freud，奥地利心理学家、精神分析学家、哲学家，精神分析学的创始人，被誉为20世纪最有影响力的思想家之一。

声音，让我们只想找张沙发躺下。

但沙发在拉克蒙特高中可不是什么标配，而且艾迪完全打破了我好不容易在化学课上集中起来的注意力。我的思绪就完全飘到了我那些《心动之吻》里面的段落中——好像一直都是这样。尽管我打起十二分精神盯着黑板，看着斯提尔斯老师在那边跳上跳下，但实际上我一点都没听进去他在说什么。我听到的就只有在我脑海中环绕了很久的段落：

> 她无时无刻地念着他。那是一种过去不曾有过的感觉，直到看到他时才轻轻放下，他跳动的眼神，在乌黑发亮的眉毛下灼灼动人，前额的头发倔强不羁地落下，发达又紧实的肌肉线条，在那身衬衫下若隐若现。
>
> 还有他的声音。
>
> 深沉又有点沙哑，抑扬顿挫。
>
> 他的一举一动都在黛利拉的心口灼烧，将她的心弄得天翻地覆，叩开她一直以来都尘封的内心。

等到下课铃响起，我抓起自己的东西冲向门口，没有理会我背后的那双眼睛。

艾迪·帕斯科不是我的格雷森。

艾迪·帕斯科就是一个瘾君子！

我需要再找其他人。

我需要找到那个真正的心动之吻。

49

绕口令

我在停车场追上艾德丽安。"我可以跟你一起吗？"我一边问她，一边因为刚刚在停车场急速奔跑而喘着粗气。

她犹豫着打开布罗迪的车门："我在来这边之前已经在合唱团练了整整一个半小时，而且我今晚还有一大堆作业要写。"

我皱起眉毛："该死。"

"发生什么事了吗？"她问。

我从车旁走开。我得告诉她，不过也不急这一时半会儿："这样好了，明天我再跟你讲。"

布罗迪喊道："嘿，至少让我们送你回家啊！"

于是我就蹿上车，有气无力地跟他打了声招呼："嘿，雪佛兰侠！"

"靴子很不错哦。"他说，看着我的脚，然后打着汽车发动机。

"是我妈的，"我回答说，跟艾德丽安交换了一下眼神，继续问布罗迪，"所以……你喜欢女生穿靴子？"

他耸了耸肩膀，小心翼翼地将车跟其他在那边等着启动的车并排："我不知道，可能吧，不过你穿那双靴子很好看。"

我冲艾德丽安扭扭肩，然后坐好："好吧，谢了！"

"噢！"艾德丽安说，很明显是记起什么非常重要的事，"帕克斯顿说在星期二和星期三有两个十二小时的助教工作，你可以根据自己的情况挑任何时间开始。"

我呻吟道："我都忘了这回事。"

布罗迪笑起来，然后灭了火。"在星期二和星期三有两个十二小时的助教工作。"他听着像是在玩什么绕口令，而不是考虑接下来，我不知道要忍受多少个下午的折磨。

艾德丽安往前欠了欠身子，看着他，然后用更快的速度重复了一次："在星期二和星期三有两个十二小时的助教工作！"

"在星期二和星期三有两个十二小时的助教工作！"他反击，灵活地在音节之间舞动舌头。

"在星期二和星期三有两个十二小时的助教工作！"艾德丽安几乎喊起来。

"在星期二和星期三有两个十二小时的助教工作！"布罗迪也不甘示弱。

"在星期二——"

"停！"我喊道，捂住自己的耳朵。

一时间安静得只能听到心跳声，然后布罗迪咕哝说"就如你所愿"，之后开动车子。

如我所愿？我向布罗迪投去一个疑惑的眼神，但是他的注意力都在开车上，顾不上我。所以我转过身想从艾德丽安那边确认我没越过线，但是她的注意力也没在我身上。她张着嘴巴，呆呆地盯着她的哥哥。

好的，所以我不是唯一一个觉得布罗迪的评论有点奇怪的人。但是当我们上了拉克蒙特大道，布罗迪打开了音响——这通常是我做的事。

"噢，我喜欢这首歌！"艾德丽安说，调大声音。这是那次谈话的最后一句，等到我反应过来的时候，他们已经把我送到家门口。

50

十字路口

那天晚上，正当我跟妈妈一起享受一碗淋了双层奶油的完美冰激凌时，她把话题引到了我爸爸身上，试着劝我："我们应该像一家人一样一起谈一谈。"

我反过来，告诉她："我们应该像一家人一样绑在一起，"我冲她皱着眉头，"那样会有意思多了。"

"哎，亲爱的，"她说，不紧不慢地挖一口她的冰激凌，"你的生日就要到了，而且……"

"而且什么？我想要邀请他给自己找不痛快吗？"我挖起一勺碎冰放到嘴里，"不用了，谢谢！"

"你跟他在过去那么亲……"

"停！过去已经过去，已经结束了。你为什么要让自己被他玩弄？谁要你去那个房子的？一定是他，对吧？"

她吃惊地看着我，意识到我知道了她去约会的小秘密。最后她深吸一口气："好吧，我的确认为我们应该一起商量，我们可以解决这些问题，而且一个客观的第三方也许能够帮助我们克服自己的情绪。"

我从桌子旁推开身："你可以自己去，我不需要一个什么第三方——我知道自己的感受。"我折起自己的餐巾纸，义正词严地说，"我的父亲是一个负心的浑蛋，我不想再见到他。"

她面带愁容地看着我："但是他已经悔过了，亲爱的，他真心已经悔过了。"

"他当然应该后悔。"我告诉她，然后走去睡觉。

早上，我被一阵刺痛弄得半醒，这刺痛，让我心跳都加速了。我抱紧我的枕头，那是一大团温暖又柔软的云朵，我慢慢陷在里面，越来越深。

"啊……"我大叫一声跳起来。

我梦到了艾迪·帕斯科。

我把被子掀掉，从床上起来，自言自语："别疯过头了！"

我洗了澡，又吹干头发，花了半个小时穿好衣服、化好妆，我觉得我值得在早餐来一个星冰乐。

一个超大杯的星冰乐！

洒上攒奶油！

不幸的是，当我溜出门时，看到爸爸的车停在公寓外。

我从他旁边走过，还有他那辆可笑的野马车。

他下了车跟在我后面。

"伊万杰琳！伊万杰琳！求你，听我说一句。"

我继续往前走。

"伊万杰琳，不要这样，我得说多少遍对不起，你才相信我呢？我是一个浑蛋，我知道，你说得完全对！"

十字路口的交通灯是绿色的，所以我就直接大步走上人行道，没有理他。然后我的鞋子开始吧唧作响。

为什么我的鞋子这会儿要散开？

为什么有这么多天，偏偏是今天鞋子出了问题？

"我的天使，请等一下！"

我转过身，强压着这火气："你能以后永远、永远都不要那样喊我了吗？"

然后我跑开了，留他一人站在十字路口中间，车辆从四面八方驶来驶去。

51

偶遇塔提亚娜

我到达学校后，拿着我的星冰乐直接去了212教室，报名参加了课后辅导教学。

"你什么时候可以开始？"老师看到我在"强项"那一栏里勾选了"数学"和"化学"，"我们现在急需化学和数学老师。"

"今天就可以。"我回答说。

"太棒了！"她伸出手，"我是赫芬顿老师，谢谢你的加入，伊万杰琳。"

我跟她握了手然后离开，刚出门就碰上了塔提亚娜·菲利普斯。

"伊万杰琳？"她涨红了脸，"哇哦，你看起来，真的……非常不同了。"

我一时间找不到任何词。

"我……我很抱歉，你今年没来参加排球训练。"

"那不是你的错。"我劝她说。

"谢谢。"她说，看起来如释重负，丝毫也没有假心假意、装模作样的样子。看着更像是她已经憋这件事很久了，现在终于可以松一口气。"我很抱歉,"她说,低着头,"关于这一切。"

我点了点头:"这些事都烦透了。"

"你上次跟我说,"她盯着我,"你妈妈带他回去了,是吗?"

我不知道自己哪根筋不对,翻了个白眼,露出一个诡异的笑容:"我当然希望不是。"

她笑起来:"这是父母的事,对吧?"

我也笑起来:"确实。"

"今年我们在队里都很想你。"她说,眼神带着温柔又带一点悲伤。

我轻轻哼了一下。"噢,好吧,你们在通往联盟冠军的路上一定都很想我!"然后我又补了一句,"对了,恭喜你们。"

她点点头:"谢谢。"然后突然冲上前,给了我一个拥抱。"明年请一定来参加。"她小声说。

就在那一瞬间,我感觉下巴颤动,眼睛刺痛,喉咙又紧绷。

我说不出话,但我还能点点头,也能给她一个拥抱。

于是我就这样做了。

52

意外之喜

当我到达时，罗比·马歇尔站在数学课教室的门口。那是星期二，我还是忍不住去注意他肿胀的胳膊，肱二头肌有垒球那么大，肱三头肌像丰满的山脊。

他真的是，毫无疑问，帅得让人哑吧嘴。

看到我走过来，他取下耳机然后关掉iPod："我昨晚下载了一些史蒂夫·雷·沃恩的歌曲，他真的很棒！"

我愣住。一瞬间我想到跟父亲站在十字路口，一瞬间我又想到早餐喝咖啡并不是一个好主意，又一瞬间我觉得自己在发抖。

"伊万杰琳？"罗比问我，并走上前。

"别，"我弱弱地说，"请别再史蒂夫·雷·沃恩了。"

"可是——"

"对不起，我知道这听起来很奇怪。"

他看起来非常泄气，我也感觉很糟，但我不想去解释。

罗比跟着我进了教室，坐在自己的座位上，但是我没有看他。当其他人陆陆续续走进来时，我开始为上课做准备，拿出笔记，拿出作业本、铅笔和课本。然后我尽可能让自己看起来很忙，尽管我并没有什么要做的。

"噗嘶噗嘶！"

那是罗比，靠在桑德拉·赫莱纳的桌子上。

我摇摇头，没有看他。

"噗嘶噗嘶噗嘶！"他更大声了。

他究竟是要多讨厌？

我生气地朝他瞪了一眼，但当我看到他要给我什么的时候，我的眼神又一下柔和起来。

一个小小的、干净的白色纸袋。

"我给你带了这个。"他小声说。

我本应该拒绝那个礼物，但是你很难不去接住一个已经伸到你面前的东西。

于是我便接过了那个纸袋。

里面有一个盒子。

一个小小的白色纸板盒子。

我迷惑地看了他一眼。

尽管罗比·马歇尔有一副钢铁一样的手臂，牙齿也像钻石一样闪着光芒，但他脸上飞过的笑容却是如此地孩子气又害羞："打开它。"

桑德拉·赫莱纳在迟到铃声响起时现身，在我们之间竖起一道人墙。当弗里德曼老师拍着手喊"都坐好——我们今天有很多内容要讲"时，我往那个小白盒子里面瞄了一眼。

罗比·马歇尔给我带了巧克力。

53

拒绝甜蜜

"他给你带了巧克力？"当我在课间拿给艾德丽安看时，她惊呼道。

"我想着还给他，但是他不接受。"

"你打算跟他约会吗？"

我摇了摇头。

"那你要吃这个吗？"她继续问，盯着那个盒子。

我又摇了摇头："我不确定。"

"我可以帮你。"她咧着嘴，脸上露出一个不怀好意的笑容。

但直到午饭时间，盒子也没有被打开，并不像流言传的那样。但消息也已经传到桑笙那边，她在小吃摊那边的队伍里找到我，单刀直入开始盘问起来。"我想知道那是不是真的。"她说，眼睛里冒着火。

"应该不是，"我回答说，"尤其是你在学校里听到的那些。"

"放聪明点，告诉我究竟怎么回事！"她转过身看了一眼，又看了看其他方向，"如果他给你带巧克力，那我会杀了他！"

我继续排队向前挪了一下："那他就没有给我带巧克力。"

"他带了，不是吗？别想忽悠我，你们在约会对吗？巧克力意味着什么？我想你一定明白我在说什么！"

我叹口气："听着，桑笙，我没有跟罗比约会，跟斯图也没有。你可以要他们中的任何一个，或者两个都要。我完全不在乎。"

不知怎的，这句话完全让她爹毛了："他从来没有给我送过巧克力，从来都没有。但是比起你，我做了更多，我才应该得到这些！"

我话到嘴边，但强忍住想要反驳她的冲动："你可以把这些话说给他听吗？因为这种谈话让我很没有胃口，我今天真的想吃这个半冻的玉米饼很久了。"

她往后退了一步，盯着我说："你真是个奇葩，真的是奇葩。"

我点了点头："好的，我很开心我们终于说清楚了。"

她叽里咕噜、要哭不哭地说了一大堆，然后风尘仆仆地离开了。

我买到午餐后，起身去找艾德丽安，但是在路上我又遇到了艾迪·帕斯科。

"嗨，"他说，睡眼蒙眬地看着我，"我昨晚梦到你了。"

"哎呀呀！"我喊道，赶紧从他身边离开。

他嬉笑着追上我，脚下还踢着他的足球："那是一个很棒的梦……"

"我不想听！"

"你肯定想。"

"不！我不想！"

特雷弗·丹萨朝我们这边走来，他穿着卡其色工装裤，Polo衫和帆布鞋，我在七年级的时候认识他，我们一起在班上做过科学童话的课题展示。他保守安静、彬彬有礼，又有一点点帅气。

　　艾迪贱兮兮地看着我，脚底下一会儿转，一会儿又踮着他的足球。"我还梦到了蜂蜜呢，"他一条眉毛朝我这边挑了挑，"你喜欢蜂蜜吗？"

　　就是了。我不想脑子里有他和我还有蜂蜜的事！我本可以跑掉或者冲进女卫生间，但我却抓住特雷弗·丹萨的衬衫领子……吻了上去。

54

逃避的陷阱

永远不要突然地去吻一个正在听iPod的男生。（不巧的是，我太急着摆脱艾迪，以至于没有注意到特雷弗的耳机。）

特雷弗的嘴唇困惑地打成一个死结，他一边将耳机拔下，一边在我的嘴唇下含含混混地嘟囔："你在做什么？"

"亲我！"我央求他。

于是他就照做。或者说，他就尽力这么做。

怎么说呢，他还是更擅长做PPT展示。

但是他的确给我解了围，艾迪带着他的足球走远了，留下我跟特雷弗·丹萨面面相觑。"谢谢你救了我，"我说，"他一直缠着我不放。"

"艾迪吗？"他问。

我点点头："他说做了一个关于我和蜂蜜什么的梦，我不想听那个。"

特雷弗眨巴着眼睛看着我，然后脸一下子红了。

"所以，谢谢你。"我说，然后转过身准备离开，"你是我的救命恩人。"

"没事。"他有点结结巴巴地说。

我继续去找艾德丽安但最终没有找到。她不在她说的那个剧场，而合唱团排练的教室是紧锁着的。我就在一个偏僻角落的走道上坐下来，翻出我的冷玉米卷，暗自欣喜终于能开始我的午餐。我心心念念的生菜、土豆、火鸡切片和全麦面包！

"伊万杰琳？"

是那个"文学迷"老师，抱着厚厚一摞书。

"嗨，瑞德老师。"

"你在这里做什么？一个人，还坐在水泥地上？"她问我，眼睛透过她那副方方正正的眼镜盯着我。让我惊奇的是，她甚至连日常的谈话都是这么有个性。她说话就像是在跟文字跳舞，一曲一波三折的生命华尔兹。

"啃这难吃的玉米卷。"我不假思索地回答。

她冲我笑了笑："听着挺让人开胃的……像是享受校园自助餐。"

我苦笑着点点头："还真是。"

讨论完我那美味可口的午餐之后，你也许会认为瑞德老师就会离开了。但并没有，相反，她开始问我："所以你在读什么书？"

我手里可没有书，只有一个玉米卷。

她看到我的表情又笑起来："我是说平时！你平时课后都读什么书？"

我皱着眉头说："除了《最后的莫西干人》，这点是确定的。"

她笑着说："也许你会想要我推荐几本？"她开始用手指指着她的那几本书的书脊，大声地读那些题目。

　　我轻声阻止她："不用麻烦，瑞德老师。"

　　"你确定？"她端庄地笑着，"看样子玉米卷要比一本好书要好吃得多。"

　　"事实上，我有一本书。"我打开我的包，给她看那本皱巴巴的《心动之吻》的页面，尽量不让她看到封面。

　　"噢，非常好！"她说，然后走开了，"朋友也许会背叛你，但书籍永远不会。"

　　我看着她走远，想着她刚才说的话。

　　然后我把玉米卷放到一边，打开我那本书。不去刻意翻哪一页，每一处都很好。我津津有味地读起来，忘掉了一切事情。

55

第143页

　　"等一下！"她尖叫起来，然后声音立马柔软下来，哀求道，"不要走。"

　　随之而来的是一阵沉默。这个让人发狂的女人每次都对他爱搭不理，他为什么要留下来？

　　但是格雷森发现自己又一次沦陷在她的眼神中。他渴望能够帮她走出痛苦的深渊，不是一朝一夕，也不是一气呵成，而是一生一世，用一生的幸福来将她拯救。一次又一次他曾试图将她带出那个世界，但最后只能眼睁睁看她在那片绝望与痛苦的海洋里一次又一次失去航向。

　　他在心里默默地咒骂自己。她如此死死抓住过去不放，他到底怎样做才能将她从过去中解放出来？与其承受又一次不可避免的失败，现在就走出门离开岂不是更明智的选择？

　　下定决心后，格雷森转过身，大跨步向门口走去。

　　"求你别离开我！"她的声音沙哑，充满痛苦。

他转过身看着她。

"求求你别离开我！"她又一次小声说道。

而这，正是他想要的结果。

56

补习时间

让我庆幸的是，在心理学的课上，艾迪·帕斯科并没有找我。

如果安德鲁·普利考特也能这样，那就烧高香了。

但恰恰相反，我不得不忍受他可怜巴巴像小狗一样的眼神和别别扭扭的微笑。尽管我只是往他那边瞥了一眼，但接下来的课上，那张脸已经深深地烙在我的脑海里。那让我想起我手上那些不知什么时候冒出来、然后又被我扯掉的死皮。

当下课铃响起的时候，我冲出教室，想要知道我的接吻经历为什么会搞成这个样子。无论在哪里，我都感觉不舒服。在我急着想要摆脱艾迪和安德鲁的时候，反而早早到达了辅导班。

我这会儿感觉自己更加呆头呆脑！

于是我就四处走了走，然后回到那个臭名远扬的212教室。

那边只有一个留着一头染过的短发的女生、帕克斯顿和赫芬顿老师。

"报告！"我一边说，一边敬了个礼，身后的门吱吱呀呀地关上了。

"进来，快进来！"赫芬顿老师满脸笑容地说。

于是我就进去了。

"帕克斯顿、丽萨，这是伊万杰琳。"赫芬顿老师介绍说。

"嗨！"我们都同时跟彼此打招呼，并点了点头。

几分钟后，教室里还是只有我们几个人。"那这些需要帮助的学生都在哪儿呢？"

"噢，他们在过来的路上！"赫芬顿老师跟我保证说。

她话还没说完，门"吱呀"一声打开了，但走进来的是艾德丽安。

"嗨！"我说，从椅子上跳起来。

"耶！你成功报名了！"她说，"嗨，帕克斯顿，"她挥挥手，然后溜到我旁边的座位上，一边盯着别人，一边小声说，"我今天在午餐期间找你找遍了全世界！瑞德老师告诉我说你一个人坐在走道上吃冷玉米卷！"

"那是在我找你找遍全世界之后。"我小声回答她。

她转了转眼睛："说出来你可能不信，沃格尔老师今天没来指导我们的合唱团练习！但是你为什么不在花园角那边待着呢？"

我耸耸肩膀，不想说太多，因为周边竖着明显在听我们讲话的耳朵，就说了一句："我遇到塔提亚娜了。"

她同情地看着我："哦。"

"事实上，那还挺好的。"我透过肩膀瞄了一眼，小声说，"不过我真的有好多东西得告诉你！"

几个新生模样的学生三三两两走进门来，于是她就站起来说："今晚打给我好吗？或者直接来我们家。你能来我们家吗？"

我点了点头说："我到家后打电话给你。"

她向门口走去："对了，晚上来一起吃晚饭。"

我犹豫了一下。薇鲁一家的晚饭，伴着各种玩笑，总是充满欢声笑语。

"六点到那边！"艾德丽安说，然后挥手跟帕克斯顿说再见，推开门走出去，让罗珀·哈丁走进来。

我呆住了。罗珀·哈丁？这就是他们需要化学老师的原因？

难怪！

"罗珀！快进来，快进来！"赫芬顿老师说，"你收到我的消息了？"他的大码眼镜挂在脸上，随着他的脑袋上上下下地晃。

"好的，她在这里了！"她说，一只手往我这边甩了甩。

接下来的四十五分钟，我都在极力忽略那些油花花的青春痘、飞着的灰尘——反正就是粘在他那头油腻的头发上的东西，还有那浓浓的狐臭。对我而言，那真的是一种自我修行，但让人抓狂的是，罗珀表现得像是他才是那个极力忍受我的人。

补习结束后，他有气无力地说了句"谢谢"之后，飞速跑去追最近的一班公交车，留下一路几乎能看得见的狐臭线在他身后。

在他离开后，帕克斯顿打开门，然后丽萨说："赫芬顿老师，我觉得一定得有什么人提醒一下他的个人卫生问题。"

"我知道。"她叹口气说。

"我不想再做这个了，"我直截了当地说，"他很没有礼貌，而且身上还发臭。"

"我知道。"赫芬顿老师又说了一次，又叹了一口气，还摇了摇头。

很明显，赫芬顿老师也不知道该怎么处理现在的情况。当我们陆陆续续走过去跟她友好地说"星期四见"的时候，我咕哝了一句："除非罗珀不再回来！"

帕克斯顿站在我身后，咯咯笑了一声说："无论如何，弄完今天的，我以后不需要再做这个事了。"他打开他的背包上的第二个拉链，"我完成了！"

"你已经有二十个小时了？"我问他，立马忌妒起来。

他咧开嘴笑了笑，点了点头，我们并排走在一起："而且明年我也不会再做这个了，我敢保证。"

"你为什么没有参加剩下的精灵晚会呢？"我问他。

他轻轻点点头看着我："然后我再转到这边？"

"噢，"我说，脸拉得又长又臭，"不好意思。"

他笑起来："没什么大事。"

我们依旧走在一起："那你从什么地方转学过来的？"

"蒙大拿州，米苏尔拉①。"他说，元音拖得很长。那让我想起上次他跟合唱团一起在剧场唱歌的样子，张大嘴巴唱O音，唱A时下巴又拉得长长的。

他有一副非常迷人的嘴唇。

"跟我讲讲在米苏尔拉的事吧。"我说，模仿他的发音方式。

这会儿我们已经快走到停车场。"我不知道我们是不是还有时间聊

---

① 蒙大拿州、米苏尔拉，Missoula Montana，美国西北部城市。

这个，"他说，"你的车停哪里？"

"噢，我步行回家。"

他看起来很意外。似乎步行不是蒙大拿州米苏尔拉市的人会做的事，或者说不是拉克蒙特高中里来自上层阶级家庭的人应该做的事。"你想要搭便车吗？"他问。

我冲他笑了笑："可以啊。"

我们坐进一辆雪白的雷克萨斯，然后当我们到达第二个十字路口时，我已经听了一大堆关于米苏尔拉市和蒙大拿州的故事。我并没有听进去多少。我完全被他的棕色卷发所迷住，还有他缠在鬓角又卷回耳垂边的头发、他高高的鼻梁骨与倔强硬朗的下巴，他的嘴唇——他那副可爱、让人过目不忘的嘴唇一张一合、一字一句吐出每个单词……

他让我想起一件事……跟歌利亚决战的大卫[①]？那个穿着盔甲的希腊战士？他跟学校里的其他人不同。他更有故事……看着也更"高贵"一些。

突然我意识到，也许这就是我一直出错的原因！也许是因为我一直从一些普通的男生中寻找我那个"梦幻之吻"！甚至有一些是坏学生。也许我需要的正是一个带着贵族气质的男生！拥有古典骑士精神和魅力！

当帕克斯顿将我送到公寓门口时，我完全是疯了：疯狂地想要知

[①] 歌利亚与大卫皆为《圣经》中古代人物，歌利亚为菲利斯丁人的勇士，身材高大，后被以色列的国王大卫所击败。

道！是不是这副高贵的嘴唇能够给我一个心动之吻？能把我带到那个世界与世界之间的世界，在那个世界里，跳动不安的心和柔软的嘴唇都将被忘却，让人头晕目眩的热情征服一切……

我必须得知道！

于是……我亲了他！

57

灾难之吻

很明显，帕克斯顿对我这副迷人的嘴唇并不感兴趣，也不对我身上其他任何东西感兴趣。他就只是想送我回家。

我柔软的嘴唇得到的是一只将我推开的手和一双嫌恶的眼睛。"这是做什么？"他倒吸一口气说。

"就一个吻？"

"但我都不了解你！"

就我在这会儿对这个年轻人的了解，他不是真的在埋怨什么，不过他是真的被吓到了。

我突然觉得好丢脸。我在想些什么？是觉得自己很美很了不起以至于全世界的男生都会喜欢跟我接吻吗？现在现实毫无疑问给了我冷冰冰一耳光！

"你为什么这么做呢？"他问。

我只是摇摇头，然后打开门，拼命想要逃离。

"你很喜欢我吗？"

我回看他："不！"

"那你为什么要亲我？"

我从车里出去，疯了似的筑起一道围墙来保护我那支离破碎的自尊心。这个家伙一点都不绅士，他甚至都不"正常"。"不好意思，如果我冒犯到你的话，"我说，"这种事不会再发生了。"

当我关门的时候，他说："如果我是你，我就不会告诉艾德丽安！"

我顿了一下，然后甩上门。但当我走进公寓时，我一直在思考，艾德丽安？艾德丽安跟这件事又有什么关系？

作为一个聪明人，我不想把心思花在这件事上。我脑海深处，有一个想法一直在萌芽，但我不想去听，而是只想赶紧摆脱。

我爸爸这时非常及时地分散了我的注意力。不是因为我想起了那天在十字路口的争执，而是我发现他在厨房的桌子上给我留了一封信和一束木槿花。

"谁让他进来的？"我嘟囔道，"我们搬到这里就是为了离他远远的。"我打开厨房的水龙头，然后把花丢进垃圾粉碎机里，等那些花都变成碎末然后冲进下水道之后，我又撕掉了他的信。他满满五页的自我辩护、自我合理化，以及解释，还有谎言，都化为纸屑。（至少我是这么认为的，从我看到那句"我最亲爱的伊万杰琳"的时候，我就没有再读下去。）

然后这些纸屑也被丢进了垃圾粉碎机里。

我放了一张丝绒左轮乐队①的唱片，然后在《火车人布鲁斯》《为

———————————

① 丝绒左轮乐队，Velvet Revolver，一支美国硬式摇滚乐队。

了孩子》和《大机器》这几首歌中吃了一大碗双奶油冰激凌。在接下来的几首歌中，一件件衣服在我试过后，丢在那边最后堆成一座山摆在我面前。当《支离破碎》这首歌进入哭哭啼啼的部分时，我切掉歌曲，跟着《让我自由》和《你无能为力》开始哼哼，最后进入我最喜欢的一首《跌跌撞撞》。

然后，在下一首开始之前的短暂停顿时，我听到电话响了，于是我便调低音量接起电话。

是艾德丽安。"你可以五点半过来吗？"她问我，"我妈妈在七点的时候有门课。"

多亏我爸爸——还有丝绒左轮乐队，我成功忘掉了我本来极力想要避免想起的事情，但这会儿又想起来了，甚至比之前更加大声。

我真心想推掉去艾德丽安家的邀请，但我脑海深处的声音似乎不太愿意被忽略，在我脑海更深处我不知道是不是那样。

"当然可以，"我说，仿佛什么都没发生过，"我在路上了。"

58

暗自发誓

那天晚上在薇鲁家我们并没有开很多玩笑，薇鲁先生，或者说薇鲁老爸——布罗迪、艾德丽安和我都这么喊他，工作到非常晚，布罗迪早早离开去上空手道课，所以晚餐就只有鸡肉。

"是母鸡。"艾德丽安纠正我说。

"什么？"

"公鸡们已经飞离了笼子。"

"噢，对的，"我附和她，继续说，"我都不敢相信布罗迪到现在还练空手道。他已经练了有……等等，从五年级就开始了吧？"

艾德丽安点了点头："他在接下来两周里考黑带。"

"哇哦！"一个温文尔雅却已经拿到空手道黑带的布罗迪，看起来就像是完全对立的两种能量意想不到地碰撞在一起，"哇哦！"我又赞叹了一次。

薇鲁夫人眼睛放光，当她把烤好的三文鱼和蔬菜放在桌子上时："我们都为他自豪，不是吗，艾德丽安？"

艾德丽安点点头，然后换了话题："你准备世界历史那门课的考试了吗？”

我呻吟起来。那个单元考试在周五，但我甚至还没整理我的笔记。

"我有一些复习笔记，你可以抄一份。"

"好！"我说，"你真是我的救星！"

"我还以为你们两个没有一起上的课。"薇鲁夫人说，给她自己加了一点三文鱼。

"噢，我们的英语和历史老师是同一个，"艾德丽安说，"只是在不同的时间段。"

"那挺不错。"薇鲁夫人说。

"是的，没错！"艾德丽安和我异口同声地说，然后彼此对视一眼，笑了起来。

在那一刻，在那短暂却幸福的一瞬间，我感觉就像在家里。我一边听艾德丽安跟她妈妈聊起学校里的事，还有合唱团和几何学老师奇奇怪怪的要求，一边在那个镀银的碟子里大快朵颐。没有包装纸，没有塑料，眼前摆放着的是真真切切的晚餐。

然后薇鲁夫人打断我的思绪，问我："你怎么样，伊万杰琳？你在学校里怎么样？"

我几乎脱口而出"很好"，因为这是最简单、直接的回答，但这是艾德丽安的妈妈，几乎是我"不同处一室的"妈妈，所以我叹了口气，不假思索地说："都糟透了！"

"怎么会？"

嗯……我想要跟她说什么呢？

不可能是学校的事……

更不可能是接吻的事！

我选了一个她最有可能感兴趣的话题——我的父母。"我爸爸现在觉得珍奈儿·菲利普斯不适合他，所以他现在正在试图劝说我妈妈原谅他。"我咬了一小口三文鱼，"我觉得她又陷进去了。"

她犹豫了一下。"你是说他们可能会复合？为什么？这很好啊！"她转向艾德丽安，"这不是很好吗？"

艾德丽安看了她妈妈一眼，很明显是在说，收！

薇鲁夫人深深叹了一口气，抹了一下她大腿上的餐巾："好吧，无论怎样，我们这里永远欢迎你。"

"你手里有收养证明吗？"我问她，试着活跃气氛。

她笑起来，然后说："我不觉得我能够供得起三个人上大学。两个就已经让我发愁！不过，还有一年你就要解放了不是，还有下周的事？"

噢，对的。

我那本该光明灿烂的生日。

我要拿什么来庆祝呢？

当晚餐结束，薇鲁夫人没有让我们帮忙洗碗。"去，快去！你们还有考试要复习！还有家庭作业要完成！"她往厨房走时，转过身咧开嘴笑着说，"还有男生要讨论！"

事实上，这正是艾德丽安想要聊的。当我们在她的房间里时，她瘫到床上："我要知道你最近遇到的所有事情，不过首先我要告诉你……我想我恋爱了！"

呃——噢。

我极力配合她："真的吗？"

她坐起来，在床边弹上弹下，并把我拉到她身边："他很聪明，也很帅气，很高，而且人很好。他非常幽默，很绅士，而且……我觉得我们之间是有一些化学反应！最近我跟他在一起的时候，我都觉得电光火石，头晕目眩！当他冲我微笑的时候，我觉得自己心都化了！"她现在真的是在弹弹跳跳的了，带着我也抖动起来，"你能猜到是谁吗？"

噢，不，我在心里惨叫，噢，不！不！不！

我额头上冒出汗珠，我的胃拧在一起，"我认识他？"我尽可能装作一无所知的样子问她。

"猜猜！"她继续催。

"我没任何想法！"我撒谎说。

"给个提示：他唱起歌来像天使！"

我不再回避："好吧，那他也喜欢你吗？你们已经官宣了吗？你是说你有一个男朋友了吗？"

"没有！但是——最近他一直在合唱团训练前找我聊天，合唱结束后又等我……而且今天我们走进教室的时候，他几乎是用胳膊搂着我。"随后，她又补充说，"那也谈不上是男女朋友的那种搂……他可能只是出于礼貌，让我先进教室，但是他并不一定得拿开胳膊，也不一定非得碰到我！"她弹得更厉害了，"快猜猜！"

"让我想想，他是合唱团里的……他很高……"

"噢，我直说吧，伊万杰琳！他是帕克斯顿！"

我脑海深处"啪"一下开始短路,嘟……全身开始泄气。

"帕克斯顿?"我问她,装作十分意外,"但你今天在辅导课上几乎都没有跟他打招呼!"

她表现出一副对自己十分满意的样子:"我表现得很酷,不是吗?"

"我同意。"

"他跟其他男生是如此地不同,伊万杰琳。他有很多想法,音乐、书籍、政治……他聊起来都如此有趣!他也让我思考很多。我喜欢那样!我喜欢那种感觉,去思考过去从没想过的那些问题;这世界充满了这么多的……机缘巧合!"

她真的是喜不自胜,而且她看起来又如此地……大彻大悟,而我的大脑则感觉惊慌失措、一片空白。

我唯一能做的就是眨巴着眼睛看着她。

一边眨眼,一边暗暗发誓永远、永远都不会告诉她我做了什么。

59

让我静静

我的确跟艾德丽安讲了我跟斯图和安德鲁的接吻之旅，但我完全避开了关于艾迪的事，还把帕克斯顿的事锁得死死的。我把整件事讲得既简短又轻松，表现得感觉那就是一个巨大的笑话……我已经开始这么认为了。

并不怎么好笑的一个笑话。

回到家时，妈妈想要跟我说话，但我没有任何心思。我知道她那些看起来若无其事的问题要指向哪里——毫无疑问就是我爸爸。

我告诉她"我不想讨论他"，然后躲进了我的卧室里。

一分钟后，门打开了。

我埋怨说："求求你，我们今晚就不能到此为止吗？"但她走到我的床脚边说，"除非你告诉我你怎么看他那封信。"

"我没有读他的信。"

"那……"她四处看了看，"那封信在哪儿？"

"跟他的花，还有我对他的看法一起——被冲到了下水道里。"

她深深叹了一口气，整整一分钟没有说话，也许两分钟。

于是我踢掉我的牛仔裤——事实上是她的，穿上睡衣，爬到床上。

"亲爱的，"她最后开口，"你这样对他不公平，对我也是。"

"不公平？到底是谁不公平？我们先是搬出那个房子——我好不容易适应了这一切，你自己过去六个月里每天怪自己当初没看清……现在你又要掉头回去？"

"我想做的就是想跟你聊聊这些事。敞开聊聊。找一个咨询师。"

我冷哼了一声。

"伊万杰琳，听着，我才是那个被他伤害的人，我对你给予我的忠诚深深感动，但我现在也需要你站在我这边。而且如果非要坦白讲，我得承认有一些事我本应该用另一种方式去做。那不完全是他的错。"

那一刻，她是如此冷静，如此理智。而且尽管她说的看起来有点驴唇不对马嘴，但我还是被激发想要去了解究竟发生了什么。

除此之外，我脑海中还有其他的事。

更大、更值得担忧的事。

比如，我最好的朋友跟我脑袋发热后吻过的男生恋爱了。

60

风险买卖

那天晚上我几乎没怎么睡觉。如果说我跟艾德丽安和妈妈的谈话还不足够让我彻夜难眠的话，妈妈离开我的卧室后偷偷摸摸给爸爸打电话，就真的是彻底坐实了我今晚注定没法睡觉。我打开我房间的门去听，但很明显她注意到了，因为她把她的门又掩了掩。他们聊了很久。直到凌晨两点，她才把电话放回去，然后给自己倒了三碗燕麦片。

看样子，跟一个出轨的人和好如初的确会让有些人胃口大开。

早晨终于到来，我也彻底垮了。因为我上床睡觉前没有卸妆，我的睫毛糊成一团，飞得到处都是，眼睛下面也是烟雾缭绕。我应该里里外外收拾一下，但我太累了。我尽全力把能收拾的收拾好，倒了一点橙汁，拿了一根能量棒，然后逃出了公寓。

我知道艾德丽安在上课前会去合唱团排练，那就是说，帕克斯顿也会在上课前去合唱团排练，也就是说，如果不出任何状况的话，我有机会跟他道歉，解释一下我的冲动，以及求他绝不让艾德丽安知道。在苦苦纠结担心了一晚上之后，我觉得尽管他让我不要告诉艾德丽安，但这没法保证他自己会不会说漏嘴。

幸运女神出现了，命运还是有意眷顾我的。我一进入剧场，就看到帕克斯顿——他一个人站在那边！

"帕克斯顿！"我喊道，冲向他。

他看到我后愣在那边。

"嘿，没什么事的！"我说，不过显然他并不觉得没什么事。

"不要再缠着我！"他咬牙切齿地说。

"我没有缠着你！我只是——"这时我看到艾德丽安走过来。她站在舞台上，就几米远，"噢，她在这里呀！"我说，冲她笑着，像是我终于找到她了一样。

"嗨！"她欢呼道，然后坐在舞台边上，羞羞答答地跟帕克斯顿打了个招呼，"早上好！"

他有点僵硬地冲她笑笑，又看了我一眼，走开了。

艾德丽安跑过来抓住我："你没跟他讲什么吧，对吧？"

"没有！"

"很好，那你跟他在讲什么？"

"我就在找你啊！"

谢天谢地，她没有问我为什么找她。然后我就找准时机，尽快溜了。很明显，跟帕克斯顿道歉是个风险买卖。躲着他远远的也许才是更聪明的选择。

距离上课还有半个小时，我就在图书馆找了个角落，做斯提尔斯老师为心理学那门课的家庭作业布置的表格，心里念叨着什么时候去喝一杯星冰乐。

当预备铃响起来时，我收起东西，拖着身子穿过校园去上数学课。在预备铃和上课铃之间有六分钟的时间，但我平常很少准时到达。

我走进教室的时候，注意到我桌子上有一束花。

一束好看的、粉色木槿花。

我小心翼翼地走过去，仿佛那束花会跳起来咬我一口。

一束花在我桌子上做什么？

还有一封信！

信封上面写着"伊万杰琳"。

我的脸"唰"一下子烫起来。爸爸怎么敢到学校里来打扰我！

他怎么敢来侵犯我的……我的学习空间！

难道就没有法律来管管这些没登记的成年人，在学校里晃来晃去的行为吗？

为什么没有人阻止他，揪着他的耳朵把他丢出去？

这到底是什么地方，允许烦人的父亲们大摇大摆穿过大厅，丢几颗地雷在陌生的女儿们的桌子上？

我要把那些花瓣撕个稀巴烂，我要把那封信抓起来丢出去！但这时我看到罗比·马歇尔的脸，那张眉开眼笑、满怀期待的脸。

我一屁股坐在自己的座位上，意识到爸爸并没有来这里。

是罗比·马歇尔。

61

奥兹音乐节的《雪绒花》

那封信里说：你要跟我周五一起去看电影吗？

我把信扔到我的活页夹里，一整节课都故意没去看罗比。

那是我第一次收到真正的约会邀请。

而且这份邀请来自校园里最帅气的男生。

我脑海中突然闪过一个念头，也许只是因为我们一开始打开的方式不太对。

或者说，那是一个错误的吻。

也许他作为一个接吻对象还是有救，也许他只是需要一些指导。

要是他也想读《心动之吻》会怎么样？

嗯……不太可能。

再说那估计得多尴尬？罗比读这本言情小说，然后我们再一起约会。他估计会觉得我是个傻子。我绝对会是个大傻子！

而且除了那个吻，我们还能聊些什么？运动？关于这个我接不了几句，他也明显对于布鲁斯摇滚乐懂得不多。我们有什么事是有交集的呢？

不，巧克力和鲜花挺好，他的肱二头肌也不错，但我不是真的想跟他一起出去。

不幸的是，我们就像是上演了一遍奥兹音乐节的《雪绒花》[①]。

"为什么不行？"他问我，声音带着些许哀号，"就一部电影而已！"

我低头看着那束花，心不在焉地摆动它。"对不起，"我有气无力地说，然后看着他，问，"为什么你选这束花？"我感觉问题不够清楚，于是补充说，"我是说为什么选一束木槿花，为什么不是雏菊或者金鱼草之类的？"

他笑起来："有金鱼草这种东西吗？"

我忍不住也跟着笑起来："对啊，那本应该是更适合的选择，不是吗？"

他从我手中拿过花，然后插在我的头发里，花的茎就别在我的耳朵后。"这是一朵关于假期的花，一朵能带来欢乐的花，一朵能赶走痛苦的花。"此刻他靠得我非常近，脸上带着笑容，"电影七点半开始，我六点钟来接你可以吗？我们一起出去吃晚餐？"

慢慢地，我摇了摇头："对不起，罗比，我已经说过了，不行。"

他咧开嘴笑着："但这朵花说可以！"

那一刻他很可爱，而且非常迷人，而且我几乎……几乎沦陷，就要说可以，但就是感觉不对。"我的确感激你做的这些事，罗比，但是……我就是不可以。"我把花从我耳朵上拿下来，把它别在他的耳朵后，"没有我，你一定可以玩得很开心。"我静静地说。

然后转身离开了。

---

① 《雪绒花》（*Edelweiss*），电影《音乐之声》（*The Sound of Music*）的插曲，这里指电影中沉浸在悲伤中的男主人公拒绝朋友和女主人公邀请他参加音乐节的情节。

62

百口来辩

当我在下课时看到艾德丽安时，她脸上的表情把我直直带回对帕克斯顿会把事情弄得尴尬的担心中。"怎么了？"我问，默默祈祷她不高兴是为其他的事——什么事都行，除了我亲了她生命中的初恋。

"有一些传闻，"她说，抓着我的胳膊，拉着我一起坐在我们那个冰冷、坚硬的花园角平台上，"关于你的传闻。"

"比如说……"我问，依旧在祈祷帕克斯顿跟这些传闻没关系。

"传闻说你跟人接吻已经走火入魔了，我知道罗比、贾斯汀和布莱克，当然，还有昨天晚上你跟我讲的斯图和安德鲁，但是他们说你也亲了艾迪·帕斯科和特雷弗·丹萨！这些都只是乱说，对吗？你并没有真正跟这些人接吻，对吗？"

帕克斯顿的名字没从她的嘴中说出来。

我感到全身如释重负。

"你笑什么？"她问我，眯起眼看着我，"我知道这个笑容……这是一个羞耻的笑容！所以说你亲了他们？什么时候？为什么你没跟我讲？"她的眼睛眯得更厉害了。"还有特雷弗·丹萨？你脑子里在想什么？"

我轻轻抖抖肩膀："那只是个转移策略，为了阻止艾迪继续说他做了个关于我和蜂蜜的梦。"

"你和蜂蜜？"

"没错。特雷弗就在那边，我就抓住他然后亲了他。"

她把一只手放在嘴巴前，摇着头："你完全就是疯了！"

"不，我没有！"

她向前倾了倾："为了躲开一个你已经亲过的人，去亲另一个人，就是疯了！用那个方式你永远都不可能找到一个完美的吻！"然后她嘲讽起我来，"心动之吻不可能在特雷弗·丹萨的嘴唇上——连我都知道这个！"

她的确把我说住了。但我噘了噘嘴，又守住阵营："那完全就是个误会，好吗？但是我的确神志清醒，再清醒不过了。"我把拳头别在腰上，"你知道我多么理智吗？我今天早上拒绝了罗比的约会邀请。"

上课铃声响了。

"什么？我的天啊！我得怎样才能跟上你的节奏？"她站起来，"还有你昨天晚上为什么没跟我提艾迪？"

我低着头："你只顾着为帕克斯顿兴奋着，你说的每件事都让他听起来这么……美好无比。"我耸耸肩，"相比之下，跟艾迪的那些事就很可笑了。"我冲她笑了笑，"无论怎样，你跟帕克斯顿怎么样了？"

"奇怪。"她嘟囔道，然后跑去上课了。

63

缘木求鱼

我感到莫大的轻松，我跟帕克斯顿的吻不在艾德丽安听到的流言里，但听到别人讨论艾迪和特雷弗，我还是忍不住觉得膈应。而且尽管我有一个非常合乎情理的解释，但那还是看起来有点失控。

我的倒霉运气在午餐期间并没有好起来，我没有给自己带午餐，所以只能再去小吃摊那边排长长的队。不过这次来招惹我的不是桑笙·霍尔顿，而是一个叫简·普拉特凯的女生，插进队伍里，站得距离我非常近，"你的问题在于，"她阴险地说，"你可能是'缘木求鱼'，找错对象了。"

我回了一个自以为非常聪明的"哈？"，但接下来的一瞬间我突然了解了她的意思。

你看，简·普拉特凯是一个女同性恋。

我从中学时就知道简，但从没跟她交过朋友。我记得她在九年级时就发生了很大的转变，从一个留着一头红棕色长发的翩翩少女，变成一个留着刺头的叛逆少女。

"出柜"这个词那个时候还不在我的词汇表里。

不过当有人跟我解释的时候，我就理解了，噢，原来是这么回事。

而且当我在排队时满脑子担心的是因为木槿花的事，桑笙会再次找上门。我从没想过会遇到这个。

我从简身边向后退一步："'缘木求鱼'，你是说整个树林，还是说某一棵树？"

"如果整个树林指所有的男生的话，那就是了。"

这是一个奇怪的对话。

我深呼一口气："好吧，我'缘'的这片树林对我来说还不错。"

她笑起来："你就是不接受事实。"

"不……"我说，放低声音，"我不是。"

"在你尝试之前，不要先急着否认……"她一边说，一边咧着嘴笑。

"呃，简？"我一边问，一边从她身边离开，"我听说你已经知道自己。好像从很早的时候，就已经知道了，对吗？"

她一只肩膀抖了抖："如果你能听从自己的内心的话。"

我立马抓住话把："是的，我已经听过了，我也知道我现在追求的树林就是适合我的那片。"

"唉，"她带着一种质疑的口气，"他们说你已经跟男生接吻接到走火入魔，我想说的是也许你所寻找的并不在你正在寻找的区域内。"

"嘻，"我回答她，"那是一片巨大的树林！那里有无数棵树！我只是还没有找到对的那棵。"

她最后只好作罢，然后回去了，可能是回到她自己的那片隐秘的峡谷里，但留给我的是剧烈的头痛。我拖着自己去花园角那边找艾德丽安，想要告诉她这些奇奇怪怪的新事情，但艾德丽安不在那边。不过这次我没有再翻遍整个校园去找她，只是坐在地上打开我费了好大功夫才买到的土耳其三明治，心想着这个会比那个难吃的玉米卷要好一些。

但最后我发现它的面包是如此地又湿又软，上面的生菜又黏糊糊的，而且那个美乃滋已经有……咦……一些黑色的小点。也许这些黑色的小点是胡椒，但就我那天的状态下，我忍不住猜想这可能是一些虫子腿。

我立马把它卷起来丢进垃圾桶。

64

搭便车

放学后，我发现布罗迪的车停在停车场。"嘿，兄弟，"我说，靠在副驾驶的窗户上，"我能搭个便车吗？"

"当然。"他说。

于是我就坐进去了。让我意外的是，他立马就启动车，松开手刹。

我从窗户往外看："艾德丽安怎么办？"

"她放学后还有些事。"

不知怎的，独自跟布罗迪一起待在卡车里有点奇怪。通常我们的相处模式是，如果艾德丽安放学后还有事要处理，那我就走回去。但现在，就我们两个在车里，他小心翼翼、彬彬有礼，又规规矩矩地开着车，而我身疲力竭、饥肠辘辘，又在我们两人之间这种诡异的沉默中拧巴。

我打开音响，刚好是我最喜欢的频道，正在播放讲故事的人①乐队的《她，一去不返》。

"期待毕业吗？"我有气无力地问，企图打开话匣子。

---

① 讲故事的人，The Raconteurs，一支美国摇滚乐团，成立于2005年。

"不。"他说，把车往出口开。

"不？你怎么会不期待离开这个鬼地方呢？"

"事实上，我还挺喜欢这里，"他说，又加了一句，"再说康涅狄格州距离这里很远。"

我坐起来，把收音机声音调小："等等，你已经被耶鲁大学录取了？"

他点点头，看着前方。

"祝贺！"

"谢谢，"他瞄了我一眼，"我倒希望我也能跟你一样开心。"

"你在开玩笑吗？我死都想去耶鲁大学！"

他又看了我一眼："你觉得你会？"

一盆冷水迅速浇在我头上。"我不知道他们会不会收我。"我叹了口气，"学费怎么样？"

"就像你说的，很疯狂。但你这么聪明，又这么有办法……我相信你一定会拿到一项奖学金的。"

"那你拿到了吗？"

他点了点头："如果没有奖学金的话，我不会去的。"

我们又聊起了学院和专业的问题，他建议我早点申请，当我们到达公寓时，我冲他笑了笑："再次祝贺你，布罗迪，真的很棒。"

他点点头说："谢了。"

我感觉他想要再说些什么，但没有说出口。于是我就钻出卡车，跟他挥挥手："再见！"

他等我完全走进公寓里，才启动车，"呼"一声消失在街道上。

65

杂烩汤

回到家，既没有花朵也没有信，或者其他倒胃口的惊喜等着我，所以我没有任何负担，想尽情吃一点自己想吃的东西。

在突袭了一番冰箱之后，我的收获并不多。我给自己做了一个三明治，谈不上是什么好吃的食物，但我已经绝望了。

然后，布罗迪被耶鲁大学录取这件事又刺激了我，我坐到桌子旁，认真做起家庭作业。我直接翻到圆锥曲线这一张，然后我又着重复习了几何，用一根蓝色铅笔画椭圆，又用一根红色铅笔标注了圆这一章。

当我弄完后，我对自己的动手能力非常满意。

很好！

我又跟过去每个周三的晚上一样，查了西班牙语这节课讲义里的每一个生词——的确是浪费时间，不论你问任何一个人，他们都会这么说，然后又做了瑞德老师布置的阅读任务。我还认真复习了安德森老师的世界历史课，为下一次测试做准备。艾德丽安的笔记简直就是天赐之物！

　　我为自己感到非常高兴，盘算着如何走到五站路以外的塔克钟[1]，找一些能比三明治更让人有胃口的东西吃。这时，妈妈突然叮叮当当进了门。

　　"嗨！"我喊道，完全忘了自己还跟她生气的事。

　　"很惊喜啊！"她说，把自己的包和钥匙，还有满满当当一袋东西放到厨房的桌子上。

　　我翻着那个袋子，"噢，太感恩了！"她带了一袋沙拉、法式面包、蛤蜊汤、干面包、牛奶、橙汁、冷切熟食，一些非常不错的西红柿和苹果，"我快饿死了！"

　　她笑了笑："那赶紧来吃吧。"

　　午饭的时候，她果不其然又试着把话题切到我爸爸身上，但我用勺子指着她说："先不要在我吃饭的时候提这个。"这反而让她笑起来："好的。"

　　于是她就聊起工作——大多是一些个人的八卦，不过她的确讲了很多跟顾客之间有意思的事，还有一个让人笑掉牙的、将黏糊糊的一团苹果汁洒在第五通道上的事。当我在大快朵颐一碗美味的海鲜杂烩汤的时候，我突然意识到她这会儿看起来如此开心。

　　她眉飞色舞。

　　笑容连连。

　　几乎喜不自胜。

---

① 塔克钟，Taco Bell，美国快餐连锁品牌。

毫无疑问，只有一个解释：

我的爸爸。

我看着她，想要知道一个那样伤害过她的男人，是如何仍然能够让她如此地开心。

66

神秘来电

我在上床睡觉前收拾了我那搁了两天的妆，剪掉发尾里那些分叉的部分，然后洗了一个滚烫的热水澡，听了我最喜欢的《超现实枕头》[①]那张专辑——很不可思议的是，里面有《白色兔子》这首歌，然后暗自发誓在第二天早上一定得有个全新的开始，给自己打包一个可口无比的午餐！解决摆在我面前的所有测试！

我还要忘掉那些乱七八糟的吻，继续寻找那个心动之吻。

布罗迪说我聪明又机智，现在是时候把这些用在吻这件事上了。我需要弄清楚究竟是什么让一个吻得以完美！我需要找到一个更好的方式让我的幻想得以成真！

我坐在床上，一章章翻着《欢迎来到新生活》那本书。这让我感觉自己在掌控一切——就像是只要我对自己有足够的信心，那么里面说的这些将带来积极回应和幸福的行动，就真有可能在我身上发生。

---

① 《超现实枕头》（*Surrealistic Pillow*），美国摇滚乐队"杰斐逊飞机"的第二张专辑，发行于1967年。

是的，这是我应得的！

绝对是！

在早上，我打包了一份午餐，翻出妈妈的牛仔裤和一条亮闪闪的背心，还有一件毛边的运动夹克，搭配成一套，又化了点妆——点了一些亮闪闪的眼影，戴了副大码耳圈，就出门去学校了。

这是新的一天！

一个新的开始！

我感觉不错！

在我新的一天的开始，罗比·马歇尔在数学课上完全没有理我。我本应该感到轻松，但并没有。过去几天，他真的是太甜了。（再说，不可否认的是，他真的很帅。）我错过了什么吗？还是说，学校里有人八卦我是蕾丝，而跟一个蕾丝接吻让他感到很难堪。

这个想法突然抓住了我。

如果大家认为我是蕾丝会怎么样？

啊，又有什么关系呢？我告诉自己，即使这个学校里的这群笨蛋这样认为，又有什么好在乎的呢？

在课间，皮克·沃里克，这个跟班上所有人都能玩得来的笑话大王，径直走向我，把我拉到校园里那个四方的台子上，夸张地怀抱住我，假装咂巴着嘴亲了我几下。那简直太搞笑、太好莱坞了，又如此地皮克，以至于我站起身后，什么也没能做，就只有笑。当他冲我深深一鞠躬，然后我又回礼时，周围的人开始鼓起掌又嬉笑连连。接下来一整天我都感觉非常开心。

当全身发臭、泛着油花的罗珀·哈丁走进辅导教室，赫芬顿老师又坚持让我指导他时，我站起来，直接走了出去。我可以找一些其他的方式来完成我的社区服务时间。一些真正有用的事。我可以帮助无家可归的人！可以打扫市政厅！可以捡布拉格公园里的垃圾！

任何一件事都要比闻二十个小时罗珀·哈丁身上的味道要好得多。

当我回到家时，我已经准备好要吃一些甜食，直直地扑往冰箱那边。

双奶油的冰激凌已经没了——毫无疑问是妈妈在跟爸爸深夜聊天时的杰作。还剩一些香草橘子味的小块在一个半折起来的卡通盒子里，但是里面的冰块比冰激凌还要多，于是我就把冰块丢到了水槽里融掉。

而且，我也并不喜欢香草橘子味的冰激凌。我要巧克力的！又深、又浓、又苦的巧克力！过去我们家一定都会多多少少备着一点的！

当我在茶几里翻箱倒柜时，电话响了。

"除非你有一些巧克力，否则一边去！"我嚷嚷着，在一堆豆子罐头和面粉盒子中翻找。

电话那头的人并没有理会我的要求。

或许他有巧克力呢！

铃声响起第六声的时候我抓起电话。"喂？"我喘着粗气说。

一个声音小声说道："你就是一个愚蠢的小贱人。"

我还没来得及消化自己听到的东西，电话就已经挂断了。那是一个女生的声音……但是谁呢？

桑笙？

那是一个恶心的娃娃音，所以没法判断究竟是谁。

我小心地把电话放回柜台上，盯着它看了足足十分钟。尽管我一遍遍念叨打这个电话的人有多么自私又愚蠢，但我内心深处还是止不住地膈应。

这个公寓的电话号码我从没对人讲过——除了艾德丽安，谁能知道这个号码？

当我感觉已经有足够久的时间过去了之后，我按下回拨键。

差不多二十下让人揪心的响铃之后，一个男人接起了电话："喂？"

那是一个我不认识的声音："嗨，我刚错过了一个电话，可能是来自我的某个朋友？我不确定这是谁家的号码。"

他笑了笑："这不是谁家，这是星巴克门口的公用电话。"

"巴尔德温中心的那个？"

"对。"他说。

我道了谢，然后挂断电话，脑袋开始嗡嗡作响。

艾德丽安是绝对不会做这样的事的。

那又是谁有我们家的号码呢？

67

阴曹地府

关于这一神秘事件的蛛丝马迹，在接下来的一天开始逐渐浮出水面。下课期间，我还没从安德森老师疯狂的历史测试中缓过神来，艾德丽安就冲过来，大喊道："有人把你的名字和电话号码写在小便池的墙上。"

"小便池的墙上？"

"布罗迪跟我讲的。在第四楼和第五楼的男卫生间里。写着'打给我！吻我！'，然后就是你的名字和电话号码。他已经告诉了清洁工，他们一会儿就会去打扫干净。"

当我反应过来的时候，我倒吸一口气："我昨天晚上接到一个骚扰电话。"

她也吸一口气："不！"

"但……那是一个女生。"

她的眼睛睁得老大："他们说什么？"

于是我就跟她讲了来龙去脉，然后她说："好吧，既然他们处理了他们的声音，那就有可能是一个男生！"

"我以为那是一个女生，但是现在……我不知道！"

"别担心，"她说，一只胳膊搂住我的肩膀，"我们会弄清楚的。"

我的心揪成一团。即使艾德丽安没法完全理解我这么执着地寻找那个心动之吻的事，但她一直在尽力帮我。而现在，尽管她认为我的吻已经失控，但她会离我而去吗？

不会！

艾德丽安不仅仅是一个朋友，还是我的同盟！一个会深入调查这件事的人！一个绝对不会放过那个恶意针对我的贱人的人！

我抱住她说："帮我跟布罗迪说声谢谢，好吗？"

上课铃声响起来。"为什么你不自己告诉他呢？"她喊了一句，跑去上课了。

所以尽管发生了这些乱七八糟的事，事实上我还是感觉不错，直到一个留着浓密的鬓角胡的男生——我曾在学校里见过，但从没跟他说过话，从我身后走过来："你就是伊万杰琳？"

"哈？"

他带着嫌弃的表情，上上下下地打量了我一番。"噢……小宝贝儿！"他笑了一声，走开了。

这让我在第三节课整节课上，都感觉火冒三丈。

我就是亲了几个男生。那又怎样！

然后在第三节课到第四节课的课间，我听到一些夸张的咂吧嘴的声音。我四处环顾这个声音的来源，但那可能是这一大群人中的任何一个。在第四节课的时候，我可以感觉到大家都在看我。我很想站起来，然后大喊："有完没完，各位！我没做什么惊天动地的大事值得你们这么关注！"

在午餐的时候看到艾德丽安，让我备感欣慰。她走到我旁边，小声说："这真的是过分了。"

"我知道，我简直没法相信！"

她拿起她的午餐："第三节课后我跑去找布罗迪了，我跟他讲说你很感激他。"

"我的确是，"我说，"我都不知道我会做什么，如果没有你们两个。"

我拆开我在家里做好的三明治，艾德丽安的眼睛闪着光："哇哦，你从哪里得到的这个？"

"我只是想吃得好一些。"

她点点头："嗯嗯，这倒真的是一个好的开始！"

但是几分钟后，艾德丽安说："呃，也许我们应该找个其他地方吃午餐。"

我背过身看她正在看的地方。

是那些"八卦女孩"，几个人围在一起，试着假装没有在做她们正在做的事：谈论我们。

或者说，我。

"也许是的。"我说。

但就在那时，一声尖锐的惨叫声划破午餐期间的聊天声，然后有人从100号书包柜那边的男更衣室冲出来。

整个院子都安静下来。

每个人都转过身去看特拉维斯·昂跛着脚走出更衣室。

然后，突然，布莱恩·约克钻出门，随后传来一些激烈的碰碰撞撞的声音。接着是贾斯汀·罗德里格斯，一瘸一拐地跑出来，鲜血从他的鼻子里直往外冒。

"噢，不！"艾德丽安大喊一声，丢下手里的三明治，猛地站起身，"布罗迪！"

"布罗迪？"我问她，随着她的眼神望去，"哪里？"

他从更衣室走出来，安静又镇定，身上没有一丝凌乱。

"等等，"我对艾德丽安说，"布罗迪揍的他们？"

艾德丽安给了我一个既骄傲又绝望的表情："噢，这太糟糕了，真的是太糟了！"

校园里大家又开始窃窃私语起来，用一种不敢相信的声音，当所有人一起目睹贾斯汀、布莱恩和特拉维斯，这般狼狈不堪、抱头鼠窜的样子，每一个人都在问同一个问题："布罗迪一个人对付了他们三个？"

不幸的是，就布罗迪毫发无伤的表现来看，这是真的，没错。

68

愚蠢如我

愚蠢如我，我完全没想明白自己在这一系列事故当中究竟扮演了什么角色，直到我看到自动积分器滚过走廊时。

顺着贾斯汀·罗德里格斯回想……我在生物课的教室里，把自己的号码写在他的手上……那感觉就像是一个世纪以前的事。

艾德丽安想着去解释些什么，当三个老师押着布罗迪和其他三个挨打的男生去办公室时，可那三个老师已经腾不出手，布罗迪让她走开。

"他要被停课处罚了！"艾德丽安回到我身边时哭着说，"而且他们也永远不会再给他颁发黑带证明了！"

"我没法相信他揍了他们！"我说，我的下巴还吊在那边，"他为什么不直接告诉老师呢？"

她盯着我，痛苦地闭上眼睛，鼻孔呼着怒气，又睁开眼睛，摇了摇头。"我得走了。"她淡淡地说，然后转过身离开了。

"嘿，等等！"我喊道，但她还是走了。

午餐过后，化学课就昏昏沉沉。我满脑子想的都是布罗迪揍贾斯汀的事。我一直把布罗迪当作我木木呆呆的哥哥，但现在这个呆呆的哥哥没有了。他一次性解决了三个块头相当大的家伙！这一点都不呆。

我的心又一次揪起来，因为此刻我比过去更加强烈地感觉自己是他们家的一部分。我自己的家里一团糟，但艾德丽安，尤其是布罗迪一直在用我从未想过的方式保护着我。

当基拉伊老师的中指指着黑板，窗外的鸟儿飞过天空时，我想知道布罗迪去希科里·斯迪克·赫尔希老师那边是什么情况了。不知怎的，我感觉他应该写个检查书就完事。四处涂鸦、讲下流的话、不听管教、撒谎、偷东西、抽烟……这些事都有可能是让你从拉克蒙特高中走人的理由。

但打架不是。

我开始感觉自己有一点幽闭恐惧症。这个教室感觉就像一个盒子，一个闷不透气的盒子，我跟其他三十个目光呆滞的学生一起被关在这里，只想赶紧离开。

粉笔灰在空气里飞舞。为什么这个教室里还在使用黑板啊？为什么不能是白色光板？为什么我们非得在粉笔灰中呼吸，而不是有毒的马克笔啊？

粉笔灰慢慢积成一层厚厚的云团，我简直没法呼吸。我感觉被扼住喉咙，难以喘气。而基拉伊老师的声音……那就是一个匈牙利版的刑具，一遍遍在我耳朵边轰炸着化学概念，绕啊……绕啊……

当下课铃响起时，我争分夺秒逃出教室。我开始跑，在人群中横冲直撞，左躲右闪，前冲后刺。那天只剩下一节课，但我一想到还要再被关四十分钟就觉得无法忍受。

我得去找布罗迪。

搞清楚发生了什么。

还得感谢他。

我就是觉得这个要比去上心理学的课重要得多。

我的计划是走到薇鲁家,我可以确定布罗迪被停课处分了,而且他应该就待在家里。但我无法确定的是,如何才能在没有任何许可的情况下走出教室,我过去从未认真考虑过这件事,不知道要多保密才能逃出学校。

但我发现那比我想象中简单得多。逃课就是,你离开学校。没有人问你要去哪里,也没有人要通行卡什么的……我就那么走出去了。

怪不得拉克蒙特总有这么多逃学旷课的事!

我离开我平时走的那条路——穿过学生停车场,意外的是,布罗迪的车还在那边……而且布罗迪也在车上,正在读他的物理课本。

我顿时感到你可以给一个学生停课处分,但你没法保证他一定会离开。

"嗨,雪佛兰侠!"我说,打开副驾驶的门。

他看起来也很意外。"伊万杰琳?"然后他看了看手表,"你上心理学课要迟到了!"

我脑海中突然闪过,很奇怪他居然知道我在第六节课是心理学。但布罗迪又把我拉回现实,于是我就咯咯咯笑起来:"你被停课,而我在逃课……谁能想得到呢?"

他也笑起来:"反正我想不到。"

"事实上，我正想着去你家跟你道谢。"

他脸红起来。

"讲真，布罗迪，你没必要那样做，还让自己被停课。"我咧着嘴看着他，"你应该让我来揍他们。"然后我又补了一句，"我真心觉得抱歉，让你因为我而陷入麻烦。而且艾德丽安说你现在没法得到黑带了，我知道那是一个大问题。是因为空手道馆要求只能是用来自我防身吗？"

他耸耸肩，点了点头："我必须在审核之前通过，只是多花点时间练习罢了。"

"所以你被停课多久？"

"一个星期。"

"一个星期！那贾斯汀和他的喽啰们呢？"

"他们被要求放学后留校了。"

"就这样？"

他点了点头。

那一刻突然尴尬起来，然后我就开口说："嗯，我也不知道该说什么好，但我很抱歉给你带来麻烦。"我摇着头，"今年真的是糟透了，但我很开心，因为有你和艾德丽安的关心。你就像我从没有过的哥哥一样，艾德丽安就像妹妹……你的父母几乎就是我一直都想拥有的父母一样。"

他用一种奇怪的眼神看着我。是困惑？尴尬？不舒服？我说不上。跟布罗迪，我很少谈论感情。你可以谈论科学，或者数学，或者怎么样收益最大化之类的。我这会儿踏入了一个新的领域，而且很明显这让他有点不自然。

于是我就笑起来，给了他一个妹妹一样的拥抱——我已经这样做了好多年，然后说："嗯，布罗迪，我就是想说谢谢你，好吗？"

但当我推开他的时候，我发现自己跟他面对着面。

看着他的眼睛。

然后在我反应过来发生了什么事之前，我们接吻了。

69

清醒一点

那是最甜蜜的、最亲的兄妹一样的吻。

也很奇怪。

我怎么可以亲布罗迪？

等等，他怎么可以亲我？

当我把他推开的时候，我感觉困惑又羞耻，以及极度的尴尬："呜，呃……好吧……"

布罗迪也是欲言又止，吞吞吐吐说不出话，脸涨得通红。

我坐在那边一刻钟，然后打开车门，开始含含糊糊地说："嗯，我还是走回家去，我得回家，然后洗一下头……剪个头发。嗯，我觉得我得剪个头发。"

"不要再剪你的头发了，"他说，"我挺喜欢你的头发！"

"好吧，"我说，举起手在头上比画，"我可能就这里那里随便修一下。"

我得多聪明，我们刚刚还在不伦不类地接吻，这会儿我在讨论如何剪头发。

"我得走了。"我说完便下了车。

他并没有开车跟在我后面，没有下车来追我，甚至也没有鸣笛让我回去把话说清楚。

这也许就是他能做的最明智的选择，因为我并不想讨论它。我只想忘掉它。

但很不幸的是，即使吃了我从冰箱里翻出来的两大碗双奶油冰激凌，也无济于事。

所以我又放了金属乐队[①]的《雷厉风行》这张专辑，听《以火攻火》和《死于非命》这两首歌来冲冲喜。

直到在《克圆虚的呼唤》这首歌的前奏中，我才意识到有人在敲门。

"伊万杰琳！伊万杰琳，我是艾德丽安！快开门！"

我顾不上想太多，立马调低音乐的声音，匆匆跑去开门。

艾德丽安冲进来，然后递给我一本书："我没有找到那个电影，我知道他有那个带子，但我找不到。我能找到的就只有这本书，这是他最喜欢的一本书。"

"谁？你在说什么呢？"

"布罗迪！你一定要读这本书，好吗？"她把书塞到我怀里，"你一定要读这本书，然后你就会知道他喜欢你。"

"什么？"我看着那本书破旧的奶咖色封面，上面刻着金色的标题，"《公主新娘》？"我用她标志性的眯眯眼看着她，"他不可能喜

---

① 金属乐队，Metallica，一支美国重金属乐队。

欢我！他几乎是我的哥哥。"

"哦，好的，他已经有一个妹妹了，我不觉得他还想要其他的妹妹。"她用手扶着额头，"你还不明白吗？这段时间我们一直在想着把他推出去……取笑他说给他找一个女朋友……但他喜欢的是你！"

我瘫在客厅的一把椅子里："这可不太好。"

"你在逗我！"她坐到我旁边的椅子上，"那天他说'就如你所愿'的时候我就觉得有点苗头，但我不敢保证，直到今天，我可以完全确定！"

"所以那个'就如你所愿'是关于什么的？"

她疯狂地翻着那本书。"你一定得读这个！"她靠向我，"伊万杰琳，他真的是最贴心的家伙！我们要怎么做？"

我的脸扭曲成一团，看起来一定很可怕。

"什么意思？"她问。

"我亲了他。"我嘟囔道，"或者说他亲了我，我不知道。我们接吻了。"

她从椅子上跳起来。"什么？"她看着我感觉像是我杀了什么人，"什么时候？"

我苦着脸："就今天，第六节课的时候，在他的车里。"

"你怎么可以？"

"我没想到会发生这样的事，我没有打算要这么做，我甚至都说不清楚那是怎么发生的，反正就是发生了。"

她的头摇得跟拨浪鼓一样："我没法相信你！你怎么可以在不喜欢

布罗迪的情况下跟他接吻！”

　　“我不知道他喜欢我！”

　　“所以呢？反正你不喜欢他，去亲你不喜欢的人一点都不公平！”

　　“可是——”

　　“你真的是完全失控了！还有谁是你不能亲的？”

　　“什么？”

　　她在空气里挥了挥手：“我得离开这里。这完全让人没法相信。”

　　“艾德丽安，等一下！”

　　但她又一次冲出去了，这是那天她第二次这么冲出去，而且这一次，她狠狠地甩了门。

70

局外之人

整个周末我都不敢打给艾德丽安，我害怕去跟她说话，平生第一次害怕碰到布罗迪。

于是我就蜷在自己的房间里，读那本《公主新娘》。

它是对付父母的很好的工具。每一次妈妈进来看时，我都在用功读书；而且约定俗成的是，在学习的时候，大人们一般不会去打扰他们的孩子。尽管事实上我读的是关于一个可怕的海盗、一个美丽的少女、一个恶心的王子和一个要报杀父之仇的西班牙剑客的故事。

那是一本极好的书。有趣、感动、发人深省……不过当我在星期天的下午读完那本书后，感觉到的只是一阵阵头痛。

"就如你所愿"的确意味着"我爱你"。

那我接下来怎么办？我喜欢布罗迪，但我并不爱他。他长得很帅——当然这不是问题的核心。他很聪明又善良，而且很明显正义凛然——用他的空手道。但对我来说，他就是家人。

我该怎么办？

好在公寓里就我一个人，因为妈妈出门去为我的生日进行"秘密采购"；而且幸运的是，冰箱里还有一些双奶油冰激凌，能让我冷静下来思考。

但根本用不着一个碗来盛。

这几乎要把人逼上绝路！

我拿了一把勺子走过去。

吃冰激凌的时候，我开始思考。

我思来想去。

琢磨来琢磨去。

那个卡通盒子最后被刮得一干二净的时候，我得出结论，不只有一件事情需要去完成。

我需要跟布罗迪聊聊。

我想着打电话。至少有远程距离以及紧急取消键——或者说结束键的电话，看起来是最安全的做法。

但那也太没种了。

于是我就去洗了个澡——窝在床上读两天的书，会让你觉得全身上下都乱糟糟的。我又用牙线剔了牙。我说不上为什么，但就是觉得想要剔个牙，然后就离开了公寓。没有化妆，没有费心挑选穿什么衣服，也没有耳环什么的。我就是随便穿了一条牛仔裤、一件T恤和一双运动鞋，就出门了。

夫薇鲁家的路上，我试了每一个我能想到的开场白。我不知道究竟该如何开口说我要说的事。

事实上，我都不知道我想说什么。"我很抱歉！"听着像是一个好的开始，但我到底有什么好抱歉的呢？

在卡车里的意外的吻之前，我从没有跟布罗迪有过任何亲密的事。那并不是我让他这么做的！而且到底是谁亲了谁？

我怎么知道？

所以我已经完全蒙了，当我路过我们家的老房子时，看到妈妈的车在那边。

我站在那边看了一会儿，这就是所谓的"秘密购物"。

我加快步伐走过去，但当我靠近薇鲁家时，看到布罗迪和艾德丽安挨在一起坐在他们家门廊的阶梯上，他们聊得正浓，不过即使我清楚他们可能在讨论我，我也没能鼓起勇气加入他们。我慢慢退回去，躲到邻居家的树荫里去看。他们头依偎在一起，艾德丽安轻轻抚摩着布罗迪的背……一切都如此安谧、柔和，以及温暖。

我感觉自己就像是躲在那棵树下的鬼。一个鬼魂一样的女孩，作为一个局外之人，常常徘徊在不同的世界之间。

也徘徊在不同的家庭之间。

71

神摇目眩

我躲开我的老邻居们……薇鲁家、我的父母、开到荼蘼的木槿花……我俯下身蹲在地上，盯着地面发了会儿呆，然后起身走开。

我没有去坟地跟其他的鬼魂待在一起，而是走过好几个街区，来到我过去的小学。我说不上为什么，只是跟着脚步自然而然走到了那边。

那边现在荒芜一人，跟大多数学校在周末的境况一样。那边也是很容易就可以进去，这跟大多数学校不太一样。

我走过幼儿园的教室，那些窗户上粘贴了一些美术作品。我想起波茨老师，她是我幼儿园时的老师，我想知道她是不是还活着。她那时看起来如此苍老，一头灰发，长长的衬衫，一双长期不变的老旧皮鞋。她每天都穿同样的皮鞋。一些缀在上面的小珠子，让我印象深刻。那些珠子是怎样日复一日地挂在那边的？那些磨损的线什么时候才会断掉？如果那些珠子在黑白的方地毯上四处弹开来，又怎么样才能找到它们？

我现在的生活就像波茨老师的皮鞋。上面的线已经磨损不堪，那些珠子落得满地都是。

我又该怎样做，才能将它们捡起来？

我叹了口气，继续往前走，先是穿过我一年级时的教室，托特尼卡夫人的办公室——她也是其中一位老师，我们很少能看到她面带笑容，她一直都是那么认真敬业。

我对她一直都喜欢不起来。

我又走过角落里的B-8教室，那是我在二年级和三年级时上伊丝卡老师的课的地方，她总是那么精力充沛，喜欢拥抱每一个学生说早安。我喜欢她，每天都期待早上的拥抱，而且一天之内总想方设法多跟她拥抱几次。

我从B-8教室的窗户往里面看。那个熟悉的刻了"你就是最闪亮的星"的铅笔盒还摆在桌子上。它在那边有多少年了？

九年？

我突然很想再得到一个伊丝卡老师的拥抱。

然后我又走到了四年级的教室，里面有一个讲台，迪克森老师曾让我们站在那里对着班上所有人发言。每一周我们都得做"展示"，过了一段时间之后，那就不是什么大问题了。

爸爸也曾作为特别来宾登过那个讲台。他弹了吉他，然后跟大家聊了音乐，每一个人都觉得他是最酷的老爸。

对于我来说，那的确是一个天大的事件。

我继续在校园里散步，从我过去坐过的每一间教室的窗户往里面看，感觉就像那个十英尺高的爱丽丝①。最后我来到操场上，坐在操场

---

① 这里指英国作家刘易斯·卡罗尔的《爱丽丝梦游仙境》。

边，抓起一把游乐设施周围的沙子。

　　我把手指穿过沙子，穿过那些磨得碎碎的小石块。想起有一次我还一瘸一拐、在鞋子里带了一堆沙子回家，还有我鞋子里面的沙子是如何被要求放在门廊上不让进门，那些小沙丘就被堆在外面。

　　那时候沙子是我生活里的重要内容。

　　现在呢？

　　我上一次想起沙子又是什么时候？

　　我站起来，吃力地走到秋千那边，我和艾德丽安过去常常翻到最高处。我们在秋千上荡得越来越高，冲进半空中，也越来越快，当重力将我们拉回时，就再试一次，再推一次，攥着、推着、叫着。

　　我坐进其中一个硬胶座里，然后推开。那个座位贴着我的屁股，如此舒适，铁链攥在手里热热的。我往前倾了一下把腿放开，推出去又退回来，把自己荡得越来越高，越来越高。我推出去，直到那个秋千几乎要断开，直到铁链要从架子里散开。我在空气里又冲了几次，荡过来荡过去，开始上气不接下气，胃也开始翻滚，整个世界天旋地转。

　　我慢慢着地，逐渐停下来，然后颤巍巍地走开，身体里完全乱成一团。

72

逃学

"你去哪里了？"当我八点左右拖着身子回家时，妈妈盘问起来。

"荡秋千。"我闷闷不乐地回答。

"荡秋千？"她问。

我耸耸肩："我猜，差不多就这样。"

她打量了我一分钟，然后抓住我的肩膀说："亲爱的，你有什么想跟我说吗？"

我又耸耸肩："我没事，我只是有点累。想洗个澡，然后睡觉。"

她没有再追问什么，我对此感激不已。但是直到第二天早晨，我还是感觉……索然无味。我慢悠悠翻了一下从妈妈的柜子里收过来的衣服，发现自己并不想穿任何一件。

我想要我自己的牛仔裤，我自己的上衣，还有我自己的"脸"。

当我离开房子时，我还是想着去学校，但我又绕路去了一趟星巴克，想着买一杯醒神的星冰乐，然后我在一个角落里的座位上，舒舒服服坐下来，最后逃学没有去学校。

我没有任何力气去面对学校里的任何事。

没法面对没完成的家庭作业。

也没法面对罗比，还有贾斯汀、安德鲁、艾迪、斯图，以及特雷弗。

尤其是没法面对艾德丽安。

我不知道该跟艾德丽安说什么。

再说，如果布罗迪因为小便池的墙上那些侮辱我的字眼而被停课，那我岂不是更应该被停课？因为我的事而把他赶出学校，这不公平。

我想去薇鲁家跟布罗迪说清楚，结果还是临阵退缩了。我就点了一大杯抹茶星冰乐，重新读起那本《心动之吻》。

让我烦躁的是，我就是读不进去。我试着跳过那些页面，试着扫过故事情节，但就是感觉……平淡无奇。感觉像是在这最需要它的时候，它反而就不起作用。那些文字就是平淡无奇，它们不再跟我共鸣。

我知道我没法责怪这本书。

是我自己的原因。

我到底怎么了？

73

逃避

我最后离开了星巴克，前往我唯一能够想到的地方。

"鼻涕虫？"当我推门进入先锋唱片店的时候，伊奇喊道。他看起来很明显都没睡醒，因为那时候才十一点钟——对于搞音乐的人来说还是很早，店门也是刚刚打开。

"我逃学了。"我说，"你最好别出卖我。"

他笑了笑。"我？你在开玩笑。"他把手臂拄在柜台上，"但什么事让你非这么做不可？"

我举起一只手："伊奇，求你别问，我现在真是处于危机模式，我来这里就想找点清净，你能放一点音乐吗？"

"危机模式？嘿……"他从柜台那边走过来，"发生什么事了，伊万杰琳？"

我抬起头看着他，伊万杰琳？他从没喊过我伊万杰琳。

他也从没这么严肃过。

不对，应该是"担心"过。

我看着他，然后意识到伊奇不仅仅是我爸爸的老哥们儿，也不仅仅是开先锋唱片店的老板，他算得上是⋯⋯在我生命里一直都有的一个人。

他是我的朋友。

我脑海中突然闪过，其实那会儿很简单，如果我说我爸爸妈妈让我很难受，但是我并不想这么做；除了艾德丽安，我也不想跟任何人讲关于学校的事，而且我现在甚至跟她都出了问题。尽管我不可能跟伊奇讨论我那让人窒息的接吻经历，但我还是很想跟他说点什么事。于是我耸耸肩："这些天学校的事变得有一些麻烦。"

他关切地问我："怎么了？"

"我不知道。"我开始在一个打折出售的二手CD盒子里乱翻，不去看他，"我感觉有点迷茫，感觉我的朋友们并不真正了解我是谁。"我笑了笑，但这也并没有多么好笑，"事实上，那更像是我自己并不了解自己。"我看着他，"我感觉我不知道自己在做什么，我也不知道自己想要什么。"

他点点头。不知道为什么他那会儿看起来如此睿智，如此冷静、坚定，又沉稳。"好吧，那么你在乎的是什么？你得从这里开始，想清楚你自己真正在乎的是什么？"

我在乎的是什么？我顿了一下，想了一会儿。一个心动之吻？那是过去我想要的，但现在我不确定。尤其是在今天早上，那本书已经让我感觉乏味，也许更多的是那种激情。也许比起那个吻，这才是我想要的。

激情。

是我真真正正在乎的东西。

他看我犹豫不定："我可以给点建议吗？"

我耸耸肩。

"有时候我们真正想要的东西就在我们面前，只是我们看不见罢了。"现在是他在那些CD中翻找，"自从上次你来这里之后，我其实一直在思考你跟你爸爸的事。"

"啊，伊奇，求你别提这件事。"

我转身想走，但他拦住我。"不，不！我没有要讨论你们家的问题的意思。我是想说你老爸一开始介绍给你的那些音乐。史蒂夫·雷·沃恩、埃里克·克拉普顿、吉米·亨德里克斯——"

"罗伯特·约翰逊、马蒂·华特斯、查克·贝利，对的，对的，他几乎涉及了所有的摇滚和布鲁斯音乐人。"我说，同时感到一阵恼火。伊奇很明显不知道我经历了什么——为什么我要开口说这些话？

但是接着他说的事一下子击中我了。"那聊聊妹子们如何？"他问，"就……呃……摇滚女性？"

我眨巴着眼睛看着他。

"你居然不知道格蕾丝·斯里克[1]！你的确是惊讶到我了。那詹尼斯·乔普林[2]、阿蕾莎·富兰克林[3]、波妮·雷伊特呢[4]？"

---

[1] 格蕾丝·斯里克，Grace Slick，美国著名女性摇滚唱作人，代表作*Somebody to Love*。

[2] 詹尼斯·乔普林，Janis Joplin，美国著名女性摇滚唱作人，有"蓝调天后"之称，《滚石》杂志"史上最伟大50名摇滚音乐人"排行榜中排行第46。

[3] 阿蕾莎·富兰克林，Aretha Franklin，美国著名黑人女性唱作人、公民权益运动者，有"灵魂歌后"之称。

[4] 波妮·雷伊特，Bonnie Raitt，美国著名女性唱作人、运动者，《滚石》杂志"史上最伟大100名歌手"中排行第50。

　　这看起来完全是刹不住车了，我都不知道为什么我们会谈到这里。
"我当然听过她们。"

　　"但是你老爸从没有给你放她们的音乐吗？"

　　我耸耸肩："我在广播里听过一些片段。"

　　"但是你从没像研究男性摇滚歌手一样研究过她们。"他突然变得
非常……激动起来。感觉他全身都在抽搐，他的一个肩膀、他的脖子、
他的另一个肩膀……"所以对你来说，布鲁斯，呔，摇滚乐，就是一个
男人的世界。"

　　我还没完全明白过来他说的话，他就凑过来说："伊万杰琳，你自
打能走路起就来我这里了。你比大多数乐手知道得更多，你也比大多数
乐手在乎得更多。我一直期待你会拿起吉他，但是你一直没有，你甚至
都没想过去吉他室看看。为什么不试一下呢？"

　　我只是呆呆地看着他。

　　我不知道为什么没有。

　　他推着我穿过货架："你想要逃避？你想要知道你是谁？那么这就
是你现在要做的事情。"

74

摇滚学校

伊奇从墙上拿下一个破破的棕色木吉他。"芬迪·斯特拉特的经典克拉普顿吉他。"他把吉他接入一个巨大的、震耳欲聋的扩音器中，"马歇尔扩音器，来一个——经典亨德里克斯，克拉普顿吧，算了，谁都行。"

他把吉他挂到我身上，又帮我放好。那没有我想象中那么重。

他调了一下扩音器上的一些按钮，一会儿后又试着播放了一些声音，那已经让我开始心潮澎湃了。

我就划了一下弦弄出一些响声。

一个非常酷、非常有劲的声音。

"忘掉音阶，忘掉理论，也忘掉歌曲。"伊奇一边说，一边把我的手指放在两根弦上，"跟这些和弦打个招呼。"

"你好，和弦？"我想开玩笑说，实际上一动也不敢动。

他笑了笑，给我一块吉他拨片："弹奏！"

"弹奏？"

"弹奏！"

于是我就拿起拨片，扫了扫弦。

那声音听起来噼里啪啦。

他又重新放了一下我的手指："再试一下。"

我又扫了一下，这一次吉他弦发出清脆的声音。

他拧了一下扩音器上面的旋钮："再来！"

然后我又试了一下，突然整个房间，我的胳膊，我整个身体都被一股非常特别的力量充满。

"再来！"他看着我瞪大的眼睛说。

于是我又扫了一下。

又一下！

"哇哦！"

"这才是我的好姑娘！那——"他一边说着，一边走过来，"那是一个E调的和弦。"他又调整了一下我的手指说，"这个是A调……"

从E到A是一个和弦，A音阶，A……

"这难道不挺有意思的吗？"伊奇问道。

"是的！"我笑着说。

他跟我介绍了一些其他的和弦，又给我示范了一个基础的音节，然后就让我自己去练。我就真的开始练起来！当我离开伊奇的时候，我的手指又疼又起泡，但我处于我一生中最好的状态中。

我学会了AC/DC乐队①《通往地狱之路》里的一个音节。

————————

① AC/DC，澳大利亚摇滚乐队。

（那真的是非常疯狂，但真心痛快！）

布罗迪和那些吻，还有学校——其实已经放学一个小时了，都已经远远地被抛在我的脑后。我一边慢悠悠地走回家，一边唱着："我在通往地狱的路上！通往地狱的路上！"

很不幸的是，这还真的是我最终要去的地方。

75

堵住去处

　　我到家时，发现妈妈也"翘课"了。看到她在厨房里，着实吓了我一跳。我尽可能装作若无其事："噢，嗨！"

　　"噢，嗨。"她不动声色地说，然后立马喊我爸爸。"她到了。"她言简意赅，看着我，"我今天早上接到学校的电话，说你今天没去学校。"

　　他们做了什么？他们没有去完善他们的规章制度，去操心那些在学校里卖药、四处害人的人，整日在学校里晃荡来晃荡去的事，但他们对于一个学生有没有到校反而抓得这么紧？

　　我们学校究竟是什么性质？

　　"噢，天！"我恼火地叹了一口气，把书包丢在一边，"一定要把什么事都弄得这么没意思吗？"

　　她没理我，而是抱起手说："艾德丽安也打了电话过来，在找你，她以为你生病了。"

　　我翻了个白眼，"扑通"一声坐进椅子里。

　　"我问她你怎么了，我从她那里才知道你怎么了。"

"哦？"我眯起眼睛看她，"那跟我讲讲，我怎么了？"

"很明显，你变成了一个接吻狂人。"

"一个什么？"

"这是她说的，不是我。"

"她说我是个接吻狂人？"我向上挥了挥手，又翻了个白眼，"这是我听过的最可笑的事了！我就是跟几个男生接吻了，怎么了？"

"嗯嗯，所以你的名字出现在小便池的墙上，男生们因为你而被罚停课，大家都被你的吻弄得莫名其妙。"

"噢，天哪！为什么她就不能闭上她的嘴？"

"因为她关心你，那就是原因！"

"她在生我的气，那就是原因！她在想办法报复我，这才是原因！"

妈妈深深叹了一口气："那告诉我你一整天都去哪里了。你逃课是又去跟什么人接吻了？"

我笑起来，这是什么可笑的问题。而且我会承认吗，如果我真的去接吻了的话？"我在先锋唱片店，"我说，"连个鬼都没有见。"

"你在伊奇那边？一整天？"她听起来像是既不相信，又担心那是真的。

"一整天。"我说，"伊奇教我怎么弹吉他来着。"

她一动不动地盯着我，嘴巴拧成一团。

"有问题？"我说着，戳了戳我发红发胀的手指尖。

门铃响了。

"噢，好极了。"我嘟嘟囔囔，"我不敢相信你打电话喊爸爸过来。我是不会跟他聊天的。"当她去开门的时候，我坐直了身子，"我还没跟他算账——为什么他都没有教过我吉他？"

但那不是我爸爸，是艾德丽安。她哭得梨花带雨，满脸怒容，上气不接下气。"你，"她用一根发抖的手指，指着我说，"你不再是我的朋友了！我不想再跟你做任何事，还有你那有病的嘴巴！离我远一点，离我的哥哥远一点，还有，离帕克斯顿远一点！"

"帕克斯顿？"妈妈问她，"谁是帕克斯顿？"

"跟我谈恋爱的那个男生！"她转向我喊道，"你知道我有多么喜欢他，可你居然跑去亲他！"

"我不知道！"我哭喊道，"艾德丽安，我——"

她没等我解释就离开了，狠狠地甩上门，我就被关在里面。

很不幸的是，我转过身又发现自己被爸爸堵住去处。

76

矛盾爆发

将近十分钟的挣扎和尖叫之后，我才最终放弃追出门。艾德丽安早就走远了，而我在爸爸妈妈的联合夹击下几乎崩溃。

当我坐在椅子里大喘气，慢慢平静下来的时候，妈妈把艾德丽安告诉她的东西一字不落地告诉了爸爸。

"接吻狂人？"他不敢相信地看着我说，"天哪！"

我冲他怼过去："作为一个出轨的人来说，这种反应简直不要太道貌岸然。"

"不要再说了，伊万杰琳！"妈妈命令道，"他做什么并不能洗白你的行为！他的行为跟你的行为没有任何关系！"

屋子里安静得让人窒息，爸爸先开口："是这样吗？这是你反对你妈妈跟我复合的方式吗？如果是这样的话，那不会改变任何事，你妈妈和我已经达成一致，而且——"

"而且这是大多数孩子高兴都来不及的事，"妈妈说，眼睛里带着恳求，"亲爱的，大多数父母分开的孩子都希望他们能够复合，再次组成一个家庭。如果我可以原谅他，那么这件事就应该到此为止！"

我感觉整个世界天旋地转，最后我才找出她的逻辑哪里有错误。我盯着他们两个，然后慢慢地站起来。"这不仅仅是你们两个人的事！当你们有了我之后，那就不再只是你们两个人的事了！那是我们三个人的事。"我转向爸爸，"那关于我对你的信任，也关于我对你抱有的信心，我以为我会是你的'天使'，我以为你会永远跟我在一起的！"我的下巴在颤抖，泪水止不住地往外冒，"你跟我说过的，你答应过我你会的，我那么相信你。我是个大傻瓜才相信你！"

我冲进我的房间里，把椅子抵在门上。然后扑倒在我的床上，痛哭起来。

77

大肿眼泡

第二天早晨我醒来时，全身酸痛，顶着一双可怕的肿眼泡。"噢，这下可太好了。"我对着浴室的镜子呻吟道，然后一瘸一拐地走进厨房，翻找敷眼睛的草药。

妈妈和爸爸正坐在厨房的桌子旁喝咖啡。

"噢，太好了！"我又呻吟了一下，一把打开冰箱门。

"准备好要谈了吗？"妈妈平静地问我，手里的咖啡杯举在下巴的地方。

我抓起一把敷料，又一瘸一拐地走回房间。"我今天不去学校了。"我有气无力地说。

"那么我们也不去工作了，"妈妈说，"我们就在这里等你什么时候愿意把这些事谈个明白。"

我又一次觉得自己被困住了。我想着怎样从窗户里逃走，但是我要去哪里？我的眼睛让我看起来像是格格巫。在过去我可以直接跑去薇鲁家，但是那个童话故事已经夭折了，以一个意料不到的悲剧的方式谢幕了。

于是我就留在原地。而且事实上,我没有花多少时间去想父母的事。能有什么用呢?他们只会做他们想做的事。

艾德丽安才是我想到停不下来的那个人。我必须得找到一个方式跟她解释清楚。我从没想过去跟她喜欢的人接吻。我不是一个嘴唇有毛病、喜欢戳别人脊梁骨的人!我是她最好的朋友!

但是在我心里,我其实并不感觉自己像是一个最好的朋友。

当我把自己关在门里的时候,我突然意识到这些让我头痛的事都来自一个也许并不存在的东西。要是没有这样一个完美的吻会怎么样?要是这只是存在于电影或者小说里的情节中会怎么样?

但艾德丽安是真实的,她的友谊是真实的,她一直都在支持着我!我没法想象没有她我的生活会怎么样。

不行,我必须得找个办法解释清楚。

我必须去道歉。

我必须把这件事都处理好!

但是她在学校,我又没法顶着我的两个肿眼泡去那边。于是我就坐到桌子旁,准备给她写一个便条,确切来说是一封信。我在信里解释了事情的来龙去脉,跟她讲我有多么抱歉,我有多么感激她是我的朋友,以及我愿意做任何事,只要她能原谅我。

读了一遍信之后,我感觉有点杂乱无章,而且忘了说一些重要的事。

我就开始重写,这时爸爸走进我的房间里。"你觉得我们一起出去走走怎么样?"

我看着他:"你觉得你自己走出我的房间怎么样?"

妈妈接过话说："别这样，亲爱的，我需要你来这边跟我们谈谈。"

"不，我不要。"我告诉她。

大概十一点三十分的时候，爸爸又试了一次，这次他进来时带着一个三明治和一些苹果片。

我狠狠地瞪着他说："究竟是什么让你觉得你可以进来这里？"

他还是坐下来，试着跟我沟通，但我无视他，还有他精心准备的东西。最后他走出去了。

我给艾德丽安的信反反复复写了四次，我不断地增加新内容，又改来改去。当我写完第四遍时，发现自己已经在不知不觉间吃掉了一大半三明治和苹果切片。"笨蛋。"我嘟囔了一下。为了缓和吃掉"敌人"提供的食物的尴尬，我劝自己说至少这封信写得很成功。我将它折起来，弄成日本折纸的形状，放入一个信封里，在外面写上艾德丽安的名字，揣进兜里。然后我迅速用桌子和椅子抵住门把手，有生以来第一次，我从窗户逃离父母。

78

参差不齐

现在去艾德丽安家等她是没什么用的。学校还有两个小时才下课，之后艾德丽安还有故事要去发展，或者说还有歌曲要去唱。所以尽管我浑身上下脏兮兮的，但我还是走去学校，在艾德丽安上第五节课的教室门口等着。我没有看任何人。我就是站在那边，下课时间越来越近，我的心也跳得越来越快。

当艾德丽安出现时，她扭过头，直挺挺地从我面前走过。"这里，"我说，跟上她的脚步，"你读一下这个。"

她拒绝接过那封信。

于是我就强塞给她，结果她的反应是将那封信撕成了两半。

"你说什么也没用了。"她说着，把撕成两半的信丢给我。

我不敢相信地看着她走远。我们是那么好的朋友，一直以来的姐妹。她怎么可以连读都不愿读一下我要说的话？我花了一整天时间才写完这封信，而现在不到一秒钟的时间它就被撕成碎片丢在我脚下。

我一块一块捡起这些碎片，平复了一下心情，然后离开了学校。

79
匪夷所思

　　我本可以把那封信放在布罗迪的挡风玻璃上面，但是布罗迪现在被停课了，所以没什么挡风玻璃可以用。而且我也可以去薇鲁家，跟布罗迪道歉，把一切都解释清楚——尽管我自己还没完全搞明白，但还是觉得可以尽全力试一下，也让他转告艾德丽安，但我终究没那么勇敢。

　　于是我就去了薇鲁家，把撕成两半的信放在他们家门口的垫子上。我把信平铺开来，那两个口子上面分开，但底部相连。对我来说看起来就像一颗碎了的心。可能对其他人来说就只是一封被撕开的、可怜巴巴的信。

　　当我回到公寓时，爸爸的野马车已经不在那边。

　　谢天谢地。

　　但妈妈的车还是停在那边。

　　她几乎火冒三丈。

　　"我们都担心死你了！我们最后撞进你房间里，才发现你从窗户里跑了。你去哪里了？做什么了？"

　　"听着，比起你和那个浑蛋，我有更重要的事要去处理！"

"住口！"她厉声说，"她是你的爸爸！为什么你就不能原谅他？"

"当我忘掉他这个人的时候，"我吼叫着说，"那就是我原谅他的时候。"

"为什么就不能反过来呢！"我把自己关进房间里的时候，她喊道。

大概七点的时候，我悄悄走进厨房里，拿起电话，打给艾德丽安。"艾德丽安，"她接起电话时我赶忙说，"请先不要挂！"

她挂掉了。

我又试了一次。

她都没有接，而且看电话显示记录，那是被摁掉了。感觉是有人一把扯掉了线。

我又试了一次。

就只剩下"嘀嘀嘀"占线的声音。

我轻轻走回自己的房间，躺在床上，看着干酪纹路的天花板，满脑子都是艾德丽安，以及我到底怎么做才能解决这个问题。为什么她连听都不愿意听我讲呢？我们经历了这么多，还不够让我们一起度过这次挑战吗？

然后在我脑海深处，我听到一个声音，一个遥远的、若隐若现的声音。就像有个人站在某扇铁门的缝隙里小声嘀咕。

"伪——君子，"那个声音说，"伪——君——子！"

不紧不慢，离奇诡异，我的皮肤开始发麻。

我坐起来，迷迷糊糊地走到门前，那个声音一下子破门而出。

"伪君子！"

然后摆在眼前的是——一副匪夷所思的场景。

我变成了爸爸的样子。

而艾德丽安变成了我的样子。

80

治愈系冰激凌

去面对自己的矛盾是很困难的一件事，而且人很容易会去合理化自己的矛盾。比如，我所做的事跟我爸爸做的事是无法相提并论的。冲动之下亲一个男生，跟违背婚姻誓言可一点都不相干！要是有谁觉得这两件事能够放一起比较，那一定是疯了！

尽管如此，我仅存的理智还是没有放任我走近那扇铁门，说到底我还是得面对这件事的核心：如果我都没有去试着原谅爸爸，又怎么能指望艾德丽安来原谅我？

我不知道该怎么回答这个问题。

就坐在那边狂吃冰激凌。

妈妈也走过来坐到厨房的桌子旁吃冰激凌，但她什么都没有说。她只是给自己挖了一碗双奶油冰激凌，从我身边走过坐下来。

我的碗已经空了，我就把碗放到一边，直直地走向那个冰激凌盒子。

妈妈一直都讨厌我直接从盒子里吃，但她这次连眼皮都没有抬一下，一句话都没说。

挖到底时，我先开口说话了："你是从什么时候开始不再生他的气的？"

她的勺子在碗里敲敲打打。"我就是想要让这件事过去了吧。"她从坐下来到现在，第一次抬头看我，"愤怒只会火上浇油，会把你推得越来越远。"她耸耸肩，"我想我已经开始把劲用在其他地方了。"

"那你是怎么做到的？"

她想了一分钟："这还是开始于你爸爸说把事情都说清楚。如果你只关注自己的感受的话，那你就很难感受到别人的感受，但这是我们不得不去做的事。当然，我们两个的问题就是，以为这是我们两个之间的事，跟你没什么关系。"她越过桌子，抓住我的手，"你爸爸跟我都只顾着自己的感受，都没有意识到我们对你造成了怎样的影响。"她紧紧抓住我的手，"伊万杰琳，我真的，真的，很抱歉。"

就在那一瞬间，我心底被什么东西击中，忍不住说："妈妈，我其实今晚才想明白这个'可怕'的道理。"然后我跟她讲了我是如何千方百计想跟艾德丽安解释清楚的事。

在我将我的故事讲给她听时，妈妈脸上始终挂着理解的微笑。听我说完后，她同情地摇了摇头："跟你爸爸的情况一样。"

我点点头："确实。"

"那我们接下来要做什么事来着？"她问。

我看着空空的冰激凌盒子，叹了一口气："需要再来一些冰激凌。"

81

家庭心理医生

妈妈并没有强迫我在爸爸的事情上做些什么。相反，她帮助我分析我能为学校里的那些破事做些什么。"当你把自己关在房间里的时候，我刚好得空想了想这些事，亲爱的，我觉得不仅仅是那本书让你去追求这些吻，我想那是你反抗你爸爸的一种方式。"

"不是！"我说。

"也许是他让你讨厌男生？"

"我并不讨厌男生！我也不是同性恋！"

她看起来十分惊讶："谁跟你说你是同性恋的？"然后她紧接着说，"当然这并没有什么问题。"

我翻了翻白眼："唉，我只想改变自己的生活。而且自己掌控自己的生活，而且你知道吗？那非常有用。你和爸爸弄得我一塌糊涂，你一直都是这么闷闷不乐的，他又弄得我都没法去参加排球训练——"

"你可以的，你也应该去参加。"

"噢，好吧，"我摇了摇头，深深吸了一口气，"无论如何，我就是想找点开心的事。"

"好吧，"她想了一会儿，"但真正的问题是，在这么多的'开心的事'之后，你现在要如何收场？"

"我不知道。"我嘟囔道。

"嗯，一边是艾德丽安，一边是学校，你也不想让你的名字出现在小便池的墙上。"

"我知道。"

"那……有什么想法去处理这些问题吗？"

我瞪着她："看样子你已经想到一些的样子。"

她挺直脖子，摆出一副胸有成竹，要给我一些秘诀去处理我的问题的样子。"我以前也听过这样的情况，很有用的是去给你曾经伤害过的人道歉。"她深呼一口气，"也许你应该从你亲过的那些人开始道歉。"

"什么？那简直是疯了！没有人为接吻而道歉。接吻就像是你在高中的时候牵手一样，那就像……就像是说'嗨'，打招呼一样！"我向前欠了欠身子，"再说，我要说什么？'对不起，我亲了你'？这难道不是比在以后的日子里完全忽略他们更羞辱人吗？"

她看着我："接吻并不像牵手，更不像打招呼说'嗨'那么简单！"

我又靠回去，摇了摇头："你还活在老古董的年代，妈妈。"

她微微笑了笑说："那你来更新一下我的观念，好吗？为什么艾德丽安跟你如此生气？"

我盯着她，没能想出任何一句有逻辑的反驳的话。我们聊了很久才结束，她说的内容一直在我脑海中萦绕。

但是，真的要去给我吻过的人道歉吗？

那简直就是疯了！

我到底还得多蠢？

出的糗还不够吗？

82

唇下留人

所以说，事情就是这么疯狂，第二天早上我还是开始去想找到那些人，所有人，然后一个个道歉。（当然，除了我们班上的捣蛋鬼，皮克·沃里克，还有那个星巴克的男生）。其实我不知道我要说什么，就感觉都被自己惊到了。于是我就找了一张三开的纸，把他们的名字一个个列出来，反复检查了两遍，就出发去学校了，开始在学校里搜寻起来。

没有任何一个"亲吻受害人"在校园里。

小吃摊那边的早餐队伍里也没有。

200到300的教室里没有。

300到400的教室里也没有。

这些跟我接过吻的家伙去哪里了？

我在这里，满肚子道歉要说的话——尽管问题重重，居然没法跟人表达！

我往校园南边走，开始在那边寻找。当我拐到900教室时，看到了跟我在心理学的课堂上传字条的同学。

"安德鲁！"我喊他，又激动又有点尴尬，"安德鲁，等一下！"

　　他转过身看着我，感觉像是还没睡醒，但他很快意识到一个疯狂少女正冲向他。

　　"安德鲁！"我说，喘着气停下来，"我……我只想……"

　　他现在瞪大了眼睛，警觉起来。

　　"别担心！我不是来亲你的！"我深呼一口气说，"我只想为心理学教室外的那个意外道个歉，我知道我是一个让人讨厌的人，但我……我很抱歉。"

　　啧啧啧，我还挺能说。

　　但似乎并没起什么用。

　　他依旧用一个奇怪的方式看着我。

　　"安德鲁？"

　　他眨了眨眼睛："嗯，好的。谢谢。"

　　但那感觉并没有很好的样子。

　　感觉像是他真的被伤到了。

　　"看，"我说，"我情绪上经历了很糟糕的一年，而且，我……我不知道我在做什么。我就是很抱歉，好吗？我从没想过去伤害任何人的感情，也绝对没想过伤害你的感情。"

　　"那没事，"他说，然后给了我一个甜甜的微笑，"也许有一天我们可以扯平？"

　　我笑起来："噢，你不会想要亲我的。我现在一团乱！"我从他身边退了几步，"不过谢谢你，安德鲁，谢谢你能理解。"

　　我开始感觉更轻快、更高兴，我把安德鲁的名字从那个列表中划掉，然后又跑去校园里找其他的受害人。

几乎同一时间，我又看到了斯图，他正跟桑笙在一起。似乎桑笙的出现还不足以让我打消给斯图道歉的念头，我甚至开始回想为什么他会出现在我的列表上。那天午饭的时候，是斯图主动走近我的。我不欠他任何东西！按理来说，我应该对他很生气才对，毕竟他只是在攀比。

他把我当作什么了？

一个接吻比赛筹码？

但一番纠结挣扎之后，我意识到如果我不欠斯图一个道歉的话，校园里有一个人，我也许真的是欠他一个道歉。

我只是不确定自己是否足够勇敢去那样做。

83

继续寻找错付之吻

桑笙·霍尔登一脸疑惑："你说你很抱歉是什么意思？我认为你从没做错任何事！"然后她开始用一个更刻薄的语气，阴阳怪气地模仿我说，"那不是你想的那样，桑笙。我无意掺和你们之间的事，桑笙。他现在是你的了，桑笙。"

"听着，"我说，尽力集中在自己来这里的初衷，不跟她吵起来，"无论怎样，我不想造成任何麻烦，或者是伤害任何人。"

"好的，你猜怎么样？你的确这么做了。"

我点了一下头："我现在理解了，我也很抱歉。"

这可能让她更大胆了，她朝我这边走了一步："你以为这样事情就会好一些吗？"

我的低声下气就到此为止，再说她本来都不在我的列表上面！于是抬起双手，挥了一下："我就不打扰你们两个了。"然后就走开了。

在穿过100到200教室时，我拿出我的那张卡片，画掉斯图·提拉尔德的名字。

已经完成了两个，还有六个。

但是当我继续在课前寻找我那错付的唇印时，斯图突然从我后面跳出来："这是你那个十二组计划里的一部分吗？"他皮笑肉不笑地问我。

"离我远点。"我警告他，看他后面的桑笙。

但是，他反而走近我，问："你想怎么弄？首先你承认你有问题，然后你跟所有你伤害过的人道歉，然后你再去进行接下来的十组计划……"当我往后退时，他笑得更加得意了，"我没弄错的话，你还没有跟我道歉吧！"

"滚开，"我说，"我没有亲你！是你亲的我！"

"我知道啊。"他说，依旧大咧咧地笑着。

"另外，我没有什么问题，我只是有一些……困扰！"然后我又补充了一句，"而且说什么我也不可能伤害到你！"

他还是笑着："为什么你不让我帮你解决一些困扰呢？"

我叉着腰看着他："这不是游戏，斯图。而且我不在乎你怎么想，这也不是一场运动比赛！所以赶紧回到桑笙身边去，离我远点！"

"噢……"当我从他身边穿过的时候，他说，"你生气的时候真的很性感。"

"从一到十的水平吗？"我都没看他，背对着他说，"这种评价不值一提。"

84

解决麻烦

摆脱斯图后，我忍不住想他说我有一个十二组计划的事。

这也太疯了吧?

我可没有接吻上瘾!

我已经好几天没有……亲任何人了。

不过尽管桑笙摆出那种反应，道歉还是让我感到好一些。所以当上课预备铃响起时，我径直走向数学课的教室，在门口等罗比·马歇尔。

他一边谨慎地看着我，一边走过来。

"嗨。"我说，突然感觉舌头打结，不听使唤，事实上自从那个木槿花事件之后，我们都没有再说过话。

他完全可以忽略我，然后走开，但他停下来，也冲我打招呼说"嗨"。

然后我们两个就都站在那边。

周围同学们吵吵闹闹走进教室的声音逐渐淡下来。

我们两个还是站在那边。

"对不起，"我终于说出口，"我只想说对不起。"当我说出口时，我意识到，自己真的很抱歉，"谢谢你送我巧克力和花，还有去了解史蒂夫·雷·沃恩……我真的感到抱歉。"

他，看起来依旧很受伤："如果不想跟我在一起，为什么要来找我呢？"

"我可能就是一个笨蛋吧，我也很困惑。"那听起来像是在逃避，于是我叹了一口气说，"过去一整年我都有点失常，我的父母闹着要离婚，我必须得面对，我……我就开始迷上了这本关于完美之吻的书……我不知道说什么好，反正弄得一团糟。"

他轻轻抿了一下嘴唇，然后点点头："我父母三年前就分开了，那的确不是什么好事。"他哼了一声，然后又耸耸肩膀，"这也是为什么我开始这么努力。"

这让我想到了三年前他生活中的转变，从一个聪明的男生变成一个沉默寡言的运动员，这一下子就说得通了。我是如此感激他能够理解我，眼泪一下子冲到我的眼眶："那要比四处找人接吻健康得多。"我开玩笑说，强行把眼泪给逼回去了。

他笑了笑："嘻，那没事，我没有对你或者任何其他的事感到生气。事实上，那反而让我思考一些其他的事。"

"噢，是吗？"

作为学生的第六感告诉我们上课铃就要响了，当我们走进教室时，他说："我真的很想要了解你，伊万杰琳。"

我停下来，看着他。

他看到我的反应笑起来："而且你知道吗？我需要一些这门课的辅导，我弄得一团糟。"

我冲他笑了笑："我可以帮你。"这时上课铃响了。

85

看台背后

我一般不会去找贾斯汀·罗德里格斯。他都待在校园里那些我不会去的地方，比如跟他的死党，布莱恩和特拉维斯，待在韦伯老师那辣眼睛的实验室，或者带着他的马克笔在男卫生间里涂涂画画。

这也许是一件好事，因为说实话当我列那个表格的时候，贾斯汀在最下面。

用铅笔加上去的。

还是用括号括起来的。

我真的需要跟一个把我的名字写在小便池的墙上的家伙道歉吗？

但下课的时候，他突然就出现在我面前，两边分别站着特拉维斯和布莱恩。

那就像一个不祥的预兆：他就在这儿了，就那么做吧。

他们看见我时，都跌跌撞撞绕了个大圈准备躲开我，但我立马追上去说："贾斯汀，等一下。"

贾斯汀并没有要等一下的意思。

贾斯汀只想要逃开。

我绕到前面堵住他们："我很抱歉约你去露台见面，那是一个误会，我本不应该那么做的。我很抱歉。"

他盯着我，一动不动。他脸上还挂着一道难看的伤口，下嘴唇肿着，嘴角裂开。

那副嘴唇已经不再丰满好看。

最后他开口说："这是一个玩笑吗？"

我摇摇头："这是一个道歉。"

他拉长脸："我不明白你什么意思。"

"唉，我们俩这件事从我开始，到布罗迪结束。至于中间发生的事呢，都是你搞出来的。"我突然没有了为自己的错误道歉的念头，就耸耸肩，离开了。

已经解决了四个，还剩四个。

生平第一次，认真听西班牙语课和美国文学课对我而言没成一个问题。我得在午餐期间找到其他几个。或者，对布罗迪，我可以放学后找他。然后我就得做好准备去处理最重要的一个：艾德丽安。

跟特雷弗·丹萨道歉很容易，因为特雷弗·丹萨并不怎么在意。"你已经解释过了，"他说，"艾迪缠着你不放来着。"

噢，对了，我觉得，对于特雷弗这样一心扑在学习上的人来说，他可能都不知道卫生间里打架的事和接吻狂的事。

谢谢你，特雷弗·丹萨!

"好的，"当他又戴回那只为了听我讲话而摘下来的耳机时，我说，"我只想确定一下。"

但另一方面，艾迪·帕斯科这边就不太好处理。首先，我都找不到他。我先后扫了小吃摊那边的队伍、校园大厅、男更衣室附近的边边角角、足球场……为了找到这个家伙，我至少走了两公里！

不过我也承认，没找到他某种程度上也让我感觉轻松。我的大脑会自动屏蔽他这个油嘴滑舌的瘾君子，但是每一次我看到他，我的嘴唇还会因为上次跟他在体育馆的那个吻而隐隐作痛。

艾迪·帕斯科有着不可否认的魅力。

但底线是——他很危险！

不过随后，这也提醒了我，我知道可以在哪里找到他了。

我长这么大从没去过足球场西侧的看台后面。除了那些瘾君子在那边聚会抽烟以外，那个地方其他人是从来都不会踏足的。

你去那边就那么一个目的。

你必须得绕过整个跑道，或者穿过足球场，走到看台那边。然后你得走过看台后面那个臭气熏天的小道，再穿过货摊和看台之间的走廊。

对于那些瘾君子来说，那是完美的地方。这些瘾君子大白天在那边点着大麻和水烟，吞云吐雾。他们藏在里面谁也看不出来，但是他们可以透过看台的那些缝隙，观察是不是有人来突击搜查。

意识到这些，当我穿过足球场的时候，满脑子飞着各种问题：

他们在看我吗？

他们会不会认为我大老远跑过来是为了加入他们？

在成为接吻狂之后，我现在还要变成瘾君子？

以及，艾迪到底在不在那边？

258

他是不是正在跟他的朋友们吹嘘自己有多让人难以忘怀？"我知道她不会就此罢休，兄弟们，我就知道。"

在空旷的足球场上，我感觉自己十分渺小。我在做什么？为什么我就不能在心理学课教室门口等着？

不过我的脚步并没有停下来，雄赳赳、气昂昂地向前迈。"艾迪！"当我走到看台那边时喊道，"艾迪，你在那边吗？我想跟你说些事！"

没人应答，但我能感觉有人在黑暗中透过那些缝隙看着我。

他漫不经心的声音像一缕烟似的从那些座位之间慢慢悠悠飘出来："为什么不来这边说？"

我抱住胳膊："听着，如果你不出来的话，那我就站在这边说了。"事实上，我更喜欢这样。不需要面对他让人危险的魅力，跟这个瘾君子我只想通过声音对话。

但不一会儿，他晃晃悠悠地从阴凉处溜达出来，手里抱着他的足球。"嘿，美女，"他面带笑容说，"是来这里跳舞来了吗？"

我一字一句、认认真真地说："讲真，我知道这样说会很蠢，或者很奇怪、蹩脚之类的，不过我是来跟你道歉的。"

他一条眉头轻轻皱起，一边走过来，一边在两只手之间丢着足球："为什么？为你自己作为一个很正的妹子吗？"

他此刻距离我很近，但让我庆幸的是，他的魅力这次并没起什么作用。也许是因为我感觉到躲在这看台后边，浪费这大好春光去抽烟真的很可怜，所以他身上那种魅力也就被去除了吧。

"不，"我说，"我是为那天在舞会上占你便宜而道歉。"

他犹豫了一下，然后皱起眉头："你在开玩笑，是吗？"

我摇摇头："我知道这样说很蠢，但这就是我来这里的原因。我只想说我很抱歉，然后我们两个一笔勾销。"

他现在看起来满脸疑惑："你是在搞什么计划吗？"

我笑起来。"你是第二个这么问我的人。不是的！"然后我看着他充血的眼睛，然后冒着被当作多管闲事的危险说，"不过，我听说那个会有副作用。"

"哈？"

我冲着他的足球点点头说："这才应该是你的未来，艾迪。"我又转过头看着看台那边，"而不是那个。"我耸耸肩，"你知道这两者并不兼容。"

然后我转过身，急急忙忙穿过足球场，并没有过多去想艾迪·帕斯科会怎么看我，也许顶多就是从一个很正的妹子变成很呆的一个吧。

86

旁观者

　　艾迪甚至都没来上第六节课。虽然对此我没什么能做的，但我还是可以把跟帕克斯顿的事情理一理。所以当放学铃响起时，我直直奔向学生停车场。如果没有课后大合唱排练，那么帕克斯顿就很有可能跟其他人一样，去开他的车。但如果他们有大合唱排练，那我就在停车场等，直到他们排练结束。

　　我找到帕克斯顿的那辆白色雷克萨斯，不费吹灰之力。拉克蒙特高中不是那种奔驰、宝马或者雷克萨斯这种车型遍地闪闪发光的地方。我们这一亩三分地，大多是一些B级别的车，少有的几辆很酷的车，大多是翻修或者低档次的。

　　车头追着车尾很快排成一排，音响开始轰炸起来，随着喇叭声哔哔叭叭，此起彼伏，车辆找准机会蹿出停车场，驶入拉克蒙特大道，留下一股青烟追在后面。

　　整整过了十五分钟才安静下来，直到一个妈妈突然出现，冲到戏台侧边去找她的小孩。

　　很明显，帕克斯顿课后留校了。于是我就在那辆雷克萨斯那边的校车道旁的水泥隔离台上坐下来，等帕克斯顿过来。

我并不介意等，我只想赶紧弄完这件事，然后把这些事都抛之脑后。

但可惜的是，我一心只想着如何从我的名单上画掉另一个名字，以至于都没想过艾德丽安会如何回家。

布罗迪的车并不在停车场里。

当然了。

他现在被停课了。

坐在那个台子上，我突然想到他的车应该会来这边，在约定好的时间来这边，等艾德丽安大合唱排练完后，接她回家，因为这就是布罗迪一贯的做法。安安静静，十分准时，让人信赖，又考虑周全。

一想到他，我的胃就拧成一团。

但这时我听到笑声。清脆如银铃般的笑声，一如既往地充满欢乐。我转过身，是艾德丽安，旁边是帕克斯顿。她神采奕奕，聚精会神地听他讲的每一句话。

他们没有牵手，甚至都没有走得很近，但帕克斯顿也在笑，享受着她注视的目光。

当他们走近那辆雷克萨斯时，我还呆呆地定在那个台子上。我不想去打扰他们，不想毁了她的美好时光。自我们认识以来，我从没见过艾德丽安这个样子。即使在中学的时候，跟诺亚在一起时，她也从没这样过。

帕克斯顿"嘀——"一声解开车锁，然后为她打开副驾驶的门。

似乎没人注意到我的存在——他们眼里只有彼此。

艾德丽安抱着自己的背包附身钻入车里，目光炯炯地看着帕克斯顿给她关上门。

没几秒，帕克斯顿也已经在车上，开走了。

我注视着他们离开，心里泛着爱又觉得有些怅然若失，五味杂陈。

87

心灰意冷

在回去的路上，我细细盘算着。我没有朋友，我最好的成绩也许就是历史，我的追梦之旅也草草尴尬收场，而且，再过一天我就十七岁了。

想想也是够郁闷的。我已经把我的人生搞得如此一团糟？

我的手指还很嫩，但我突然有一种想要刷一些硬和弦的冲动。那天下午在伊奇那边弹吉他是我这一整年里过得最开心的日子之一。也许那会让我忘掉这些有的没的。

也许我可以扫一扫那些重复的硬和弦。

或者，我可以就只是随心弄一些噪声。

但当伊奇在他的店里看到我时，他赶忙说："噢，嗨，我很抱歉，我一会儿得关门了。"

那时我一心都想着弹吉他，于是问他："当你离开时，我可以留在吉他房里吗？"我冲他笑了笑，"就……把门关上，让我自己把墙都震下来搞一会儿。"

伊奇在过去出门处理一些事情时，就把我一个人留在店里，所以我这么问的时候没觉得有什么不妥。但他这次朝后看了看，避免跟我眼神交谈，看起来非常别扭："呃……事实上，我今天可能就不回来了。"

那感觉像是他并不信任我，但我告诉自己是我想多了。因为灯还亮着，音响里还在放着音乐，所以我说："那你关门的这会儿，我能进去刷几个和弦吗？你要离开的时候，我就一起走。"

"对不起，"他说，然后送我出门，"要不明天吧。"然后他当着我的面关上了门，将那个"营业中"的牌子转了过去，关上了灯。

我离开那边，感觉心灰意冷、万念俱灰。我无依无靠，无处可去，当我走在路上，闪过脑海里的就只有简单明了的一句话：

我要我的妈妈！

88

眼泪咸汤

我几乎一路跑到墨菲超市。

"亲爱的？"当我通过收银台看着她时，妈妈问道。

我满眼哀求，小声问她："你能出来一下吗？"

她没说一句话，就摁了一下她柜台上话筒的按钮，喊了另一个收银员去她那条线。不到五分钟，我们就走出了超市，穿过阳光，来到"汤达人"餐厅，有三家开着门。

"学校里发生了什么事吗？"她问我。

于是我就跟她讲了我在学校里跟人道歉的事。我跟她讲了罗比和他的父母离婚的事，讲了我看见帕克斯顿和艾德丽安走在一起，以及我有多需要艾德丽安原谅我。

当我说完，我就忍不住失声痛哭起来，哽咽着说："我感觉我什么都失去了！我感觉自己没什么地方可以去！"

我不想她来告诉我一切都会好起来——那就像是在我心里的洞上贴一块创可贴。

当我跟她说这些时，我的下巴止不住地颤抖。

眼泪啪嗒啪嗒在我面前的汤里灌着盐。

妈妈就坐在那边，四平八稳，没动一点声色。

只是听我讲。

89

放下架子

妈妈说可以帮我跟艾德丽安讲讲，我也几乎答应让她插手，但最后我还是觉得这件事需要我自己去完成。

回到家时，我的心比我更早冲进了门里。

电话正在响！

也许是艾德丽安！

她一定是读了我的信！决定原谅我！而且她一定是很想跟我分享她跟帕克斯顿的故事！

我一把摁下通话键："喂？"

"伊万杰琳？"

"嗯？"我倒吸一口气，意识到那是谁，很想挂掉电话。

"我是布罗迪。"

"嗨！"我挤出一个字。

"我读了你的信，"他说，"那封走廊上的信是你留的，对吧？"

我点点头。

他没有再说什么，我突然意识到我在这边点头，他是听不到的。

"噢。"我赶忙回他一句。

"我知道那是给艾德丽安的，但是……那对我也很有用。"

"嗯。"我又回了一句，大脑一片空白。

"我很不好意思，让事情变得这么奇怪。"他的声音断断续续，像是喘不过气。

"我也是。"我说，感觉非常痛苦。

"有什么事是我可以做的吗？"他问。

此刻，这个问题来得如此贴心、如此善良，我感觉像是有什么东西堵在我的喉咙里，哽咽着说："原谅我好吗？"

他顿了一下："没什么事是要原谅的，如果你想要做回朋友——或者兄妹什么的——我都可以。"他的话这会儿变得十分平静流畅，他的放松也让我放松了一些。

"你不觉得那会很奇怪吗？"

"还能比现在更奇怪？"

我笑了笑，顿时感到一阵轻松。

"好吧，我知道我们过去没有聊很多，但是……也许可以有点改变不是？"

他变得如此开朗，又如此……冷静，有那么一瞬间，我脑海中闪过布罗迪·薇鲁就是那种你可以一起生活的人。

可是……那种魔力怎么办？

那种心动之吻怎么办？

我立马从这些乱七八糟的想法中清醒过来。"我觉得可以，"然后我又说，"你妹妹现在完全不理我了，你知道的，我一直想跟她道歉，但她就是不听。"

"不要担心艾德丽安的事，我会让她读你的信的。"他又嘟嘟囔囔说，"她得放下她的架子。"

我的第一反应是"是的，没错"，但是我又立马想到，艾德丽安才摆了两天所谓的架子。

而我一直摆了大半年。

90

留还是丢？

　　当我还是一个小女孩的时候——好吧，当我还是一个比现在还要小的女孩的时候，妈妈总会把我带到房间里，告诉我说如果不收拾干净，就不可以出门。她会紧紧带上门，而我就四处环顾着周围一团团堆起来的东西，茫茫然不知道从哪里开始收拾。

　　一个小时之后她进来看时，发现我正在读一本书。"伊万杰琳！"她怒吼道，"你竟然还什么都没开始打扫！"然后她就会深深叹一口气，"整理好衣服，把那些没脏的衣服收起来，把那些脏了的放在另一边。"

　　然后她又出去了，因为比起把脏衣服一件件挑出来，再把干净的衣服整理好，直接把衣服全部丢给妈妈去洗、烘干、叠好，再替你收起来就要简单轻松得多。所以我都是把衣服全部堆起来，然后继续读我的小说。

　　"这些都是脏的吗？你确定？"她就会问，然后会下达另一个指令，"现在把你所有的纸片都捡起来，一个个分类好，看看哪些是你想要留下来的，哪些是你要丢掉的。"

　　她就这么一步又一步地指挥我打扫我的房间，直到我们谁也不清楚接下来该做什么。"好吧，"她最后就会来一句，"这些东西不会自己丢出去。"

于是我们就要进行最后一步。有一些东西我想要丢掉，但她会不情不愿地把它们从垃圾袋都翻出来，然后在我房间的某个角落给它们找到合适的安身之处。

有一些东西她极力想要丢掉，但我会跟她开始拉锯战，说我永远永远永远都不会丢掉它之类的。

我现在收拾、打扫房间、折叠衣服以及整理东西的能力比过去好了许多，但我还需要加强的，是那最后一步。怎样才能区分哪些是需要留下的，哪些是需要丢掉的？哪些东西是没法再用了的？是不是真的已经想好扔掉这些东西了？如果今天扔掉它们，明天会不会后悔？还有，这些东西是以后都不会想起来的吗？

挂了布罗迪的电话之后，我坐在我的房间里，意识到我迈出了重新开始生活的最重要一步。没有纸上谈兵，我切切实实行动了。我深思熟虑后，一个个道歉。

但尽管我已经做了这么多，还是卡在中间的很重要一步。

我真的不想面对的一步。

我真的不知道该如何面对的一步。

跟我爸爸的那一步。

91

打开垃圾袋

重要的一步也不会自己就解决掉。

我当然清楚这一点。

再说尽管我已经很多次想要把它扎在垃圾袋里，但妈妈已经把它翻出来了。那就像是你最好的玩具被撕碎了。我想要让它离开我的视线，这样我就可以忘掉它，但妈妈想要用强力胶黏回原样。

但无论你怎么黏，裂缝永远是摆在那边的，强力胶并不是什么东西都能黏。无论你怎么弄，有一些事是永远都回不去了，除了你的手指被黏起来几个小时以外。

爸爸很明显就是属于不能再被黏回去的这类事物。所以在我脑海中，我还是把它塞进垃圾袋里，扔到车库里。每一次妈妈打开那个袋子，恋恋不舍地去看它时，我都拒绝，并且系紧口袋上的绳子，劝她跟我一起把它丢进垃圾桶里，跟它一刀两断，等着垃圾车来收走它。

但现在很明显，她并不想跟他一刀两断。

所以现在该是我，深呼一口气，去瞄一下这个袋子，回顾一下旧情，想象那些会让我"噢"的事情什么的：那些他唱给我听的歌曲，那些他带我去的演唱会，那些他读给我听的故事，睡觉前的零食，早餐时音符和吉他形状的烙饼……一切的一切像潮水一样涌上我的脑海中。

我就由着它们涌上来。

是时间的流逝带走了一些痛苦吗？

是我已经太累不想再拿他带给我的伤痛作为动力吗？

是艾德丽安不愿听我说，也不愿原谅，让我看清楚我自己了吗？

也许都是，但我最终还是让步于那些让我"噢"的事情。我拿起电话，坐在厨房的凳子上面，拨通了我们老房子号码。

"嗨，爸爸。"当他接起电话时，我极力保持冷静。

"伊万杰琳？"他问，声音里满是温柔与希望。

我的喉咙捏紧，下巴开始颤抖，最后一句最意想不到的话脱口而出："你那边有冰激凌吗？"

92

十字路口

妈妈下班回家进门时一边叨着钥匙，一边掉着下巴。"你最好快点。"爸爸说，用自己的勺子刮着冰激凌盒子的边。

我点点头，注视着我勺子上的一大块冰激凌："这是抹茶软糖口味的，简直就是神了……不过也快吃完了！"

妈妈小心翼翼地向我们走过来，但她很机智地没有表现出任何大惊小怪的样子，而是给自己拿了一个碗和勺子，又拉过来一把椅子："对我来说，没有什么比下班后的冰激凌派对更好的事了。"

"今天怎么样？"爸爸问，就像过去那样，就像过去半年什么事都没发生。

但那些事的确是发生了，那还是很奇怪，尽管我已经花了一个小时听爸爸真心实意的道歉和对未来的承诺，但这并不能抹去过去的事。也许是他走到了自己人生的十字路口，也许是因为他在本应该一往直前的时候，愚蠢地拐了个弯，但这并不意味着我可以当作什么事都没发生。

我突然感觉全身无力，很想上床睡觉。

妈妈看出我的心思，当我试图站起来时，她抓住我的胳膊说："我知道明天是你的生日，但这是你给我的最好的礼物。"

我点了一下头："我们依旧是一团糟。不要假装什么都没有发生。"我转向我的爸爸，"再说你喜欢的那些吉他大神几乎都翻唱了《十字路口》，建议你别忘了写这首歌的人最后遭遇了什么。"

爸爸尴尬地忸怩起来，妈妈问："是埃里克·克拉普顿吗？他发生了什么？"

"是罗伯特·约翰逊①，"爸爸说，"他因为跟别的女人乱来，最后被毒死了。"

我忍不住冲他笑了笑，然后走向我的房间："这次就放过你！"

---

① 罗伯特·约翰逊，Robert Johnson，美国吉他手、唱作人。

93

钥匙

第二天早上我迷迷糊糊走进厨房，想着喝点冷粥什么的，但发现妈妈已经做好了我最爱的早餐：炒鸡蛋、香肠，还有薄脆奶酪饼干。"生日快乐，小天使！"她手里挥舞着刮板兴高采烈地喊道。

我茫茫然环顾了一下爸爸是否在这里。

我只是还没习惯一起来就看到他。

不过我注意到只有两个人的位置。"闻起来好香。"我说，坐在两个金纸包装的盒子前。

"你可以等到吃完早餐再打开这些。"她说，端了一大盘食物到桌子上。

"我不可以！"我笑着说，于是我就打开了上面那个盒子，看到一个缀了心形吊坠的金色项链。

"这些是小红宝石。"她说，指着镶在那颗心边上的小石头。

我很喜欢那个，把项链又放回盒子里："非常好看，妈妈，谢谢你。"

我又开始翻第二个盒子，但妈妈把一些鸡蛋舀到我的盘子里说："我是认真的，等你吃完早餐再打开那个。"

我突然理解了什么："这是爸爸送的？"

她又递了一片饼干和香肠给我，轻轻耸了耸肩。"他本来想跟你一起庆祝的，但我觉得你应该还没准备好。"她看着那个盒子，"而且讲真我也想不到你会是什么反应。"

我一小口一小口地咬着早餐，眼睛盯着那个半打开的盒子。

那会是什么呢？

是什么宝石吗？

是什么会在盒子里包成那个形状？

我晃了晃，它发出哗啦啦的声音。

那是一把……钥匙？

他最后给我买了一辆车？

我感觉自己不安起来，我不想让他给我买一辆车！尤其是用这种方式！那更像是在讨好我，这样的话，就完全是……弄错了。

"噢，打开它吧，"妈妈终于说道，"反正你也没有要吃饭的打算！"

于是我就照做了。我在里面发现的，还真的是……一把钥匙。

不过那不是一把车钥匙，颜色暗淡，看起来十分廉价。比行李箱的钥匙要大一点，比房子的钥匙要稍稍小一点。

"这是用来做什么的？开什么锁吗？"

妈妈深呼一口气："你可以说说看。"

我看着她："你不会让我猜的，对吧？"

她摇摇头说："在我床底下。"

94

在床底下

上一次我翻妈妈的床底下，发现了那本《心动之吻》。似乎所有的事情都起源于此。她想到过这个问题吗？

也许没有。但我还是忍不住停下来了。

这次下面会是什么呢？

我最终去翻看时，没有看到任何书籍，而是一个长长的、扁扁的方形手提箱。

我一下子知道那是什么了。

我止不住地哈着气，然后从把手将它拎起来，呆呆地盯着。

"你感觉如何？"妈妈在我的卧室里问道。

我的喉咙像是被一块什么巨大的东西堵住。"不知道怎么说，"我哽咽着，"你一定是跟他讲了我说他没有教我吉他的事。"

"噢，是的，"她脸上带着微笑说，"伊奇也跟他认真聊过这件事。"

"伊奇也跟这个有关？"

她笑了笑："先打开它，好吗？"

于是我就打开了那个弹簧锁，摆在我眼前的是我之前在伊奇的店里玩的那把芬德牌吉他。

我用手捂住嘴，呆呆地看着，傻傻地笑起来。当我最终将它拿起时，我的手一直在抖。

那把吉他配了一条新的黑色带子，我站起来把它挂在肩膀上时，感觉不到一点重量。

感觉就像是为我量身定做的。

妈妈一边轻轻摇着头，嘴里发出啧啧啧的声音，一边倚在门框上。"哎，你现在看着就是一个吉他高手了。"她笑着说。然后又补了一句，"你爸爸说我们还得给你配一个扩音器、调音器，还有效果器什么的……"

"我们可以今天就做吗？"

她站直身子："你是想再逃课吗？"

"为什么不可以，今天可是我的生日！"

"不可以！你要去学校，你以后还要上大学！你可以喜欢音乐，你可以爱你的吉他，但你不能走你爸爸的老路！"然后她又轻声说，"不过也许你可以先给他打个电话说你喜欢这个礼物？"

我冲她笑了笑，点点头。

我现在没什么问题了。

95

给予与接收

那天早上我跟爸爸聊了许多，之后尽管妈妈提出要开车送我到学校里，但我知道她很想再回床上睡一觉，我就告诉她我想要自己走走。刚走出公寓，我看到一辆熟悉的红色小皮卡，就停在路边。

布罗迪靠在车窗上，坐在那边等我。"生日快乐！"他带着害羞的微笑说，"我想你可能需要坐车去学校，也许我还可以在路上帮你买一杯星冰乐？"

我笑了笑："我不能相信你居然还记得！"

他打开副驾驶的门，当我坐进去的时候，我倒吸了一口气。里面的衬套全都换了一番，原先破破烂烂的黑胶皮座位，现在全都换成了红白相间的菱形座套。

"哇哦，哇哦，哇哦！"我说着钻了进去。当布罗迪坐上车时，我突然想到他自己都是年复一年地只有那几件褪色的T恤，但现在，他突然完完全全重新收拾了一下他的车。

不过这实际上也不可能是"突然"就能弄成的。

那一定是认真思考过了。

计划过了。

又省了钱。

不……投资。

布罗迪红着脸说："你喜欢吗？"

"这太好看了！"但当他发动车时，我感觉空荡荡的，发现缺了一个人，"那……艾德丽安怎么去学校呢？"

这样问可能有点不经过大脑，但布罗迪倒没觉得什么："她今天早上搭了我妈的车。"

"啊。"我点点头说。

"我试着跟她讲过你的事了，但她还是不愿放下架子，抱歉。"

"谢谢你那么做。"我说。

"所以你爸妈为你的生日准备了什么，你知道吗？"

"一把电吉他！"我说，情不自禁地晃上晃下，"是芬德的，虽然不是全新的，但还是很酷，就……就非常棒！"

他打量了我一会儿。"一把电吉他？"他将车开到路上，呢喃说，"那对于你来说是个完美的礼物。"然后他冲我笑着说，"对于我来说，你就跟音乐一样，你知道吗？"

我眨巴着眼睛看着他。

在《心动之吻》的每一页，在我看过的所有电影，以及我读过的所有故事中，都没有一句描写可以跟这个对上号。

96

212教室

我是真的不想去学校。我不想再被提起自己是如何的"声名狼藉"，也不想面对那些搞砸了的考试和没完成的家庭作业，尤其不想再吃艾德丽安的闭门羹。

我想做的就只是抱着我的吉他待在家里。

或者跟布罗迪一样被罚停课。

但当我拖着步子去上第一节课时，想起罗比·马歇尔，这让我轻松许多。除了那个惨不忍睹的吻之外，我欠他一个更大的道歉。除了去吸引女生以外，我从没想过他从一个聪明可爱的男生变成一块冷冰冰的木头可能是有其他的原因。我对自己对他抱有的这种偏见感觉很糟。

我也对他愿意将这些事对我全盘托出感觉不可思议——尽管我当时表现得十分奇怪。

所以当他在数学课门口堵住我，冲我散发着他那迷人的微笑，跟我说"嗨！你今天能帮我补习吗"时，我的大脑一片空白，忘了今天是我的生日，以及我的吉他在家里等着我，脱口而出"当然"，然后告诉他下课后在212教室等我。

　　我在那天出奇地冷静与专心。午餐的时候，我的午餐是在跟往常一样的地方吃的，想着艾德丽安考虑到我的生日，也许会原谅我，但显然她并不这么想。

　　我尽量不让这件事影响自己太多，放学后，就直直去了212教室。

　　"你要回来了？"赫芬顿老师问，看起来她看到我非常惊讶。

　　"我是来见一个朋友的，给他补习数学。"

　　她不情不愿地抖了抖，看着教室里的丽莎和其他两个补习老师："我知道了。"

　　看样子我是破坏了他们这边的一些补习规定，于是我说："这样，我可以帮助任何一个人，只要他们身上没有味道，人也不太野蛮粗鲁。如果你都没法跟罗珀讲他身上的狐臭的问题，又怎么能指望我能开开心心给他补习？"

　　"老天！"丽莎惊讶道。

　　这时罗比走进来。

　　"嗨。"他说，脸上挂着帅气的微笑。

　　"这就是你要辅导的人吗？"赫芬顿老师问。

　　我煞有其事地介绍说："罗比正被困在暗无天日的数学深渊之中，我是来帮助他找到方向，走出深渊的。"

　　"我了解了……"赫芬顿老师说，但用怀疑的眼光打量着我，似乎在她看来，事情没那么简单。

　　罗比尽管依旧帅到不行，但也没有不正经，甚至都没有晃来晃去，而是十分专注。他不可能没注意到丽莎和另外一个辅导老师冲他犯花痴，但他并没有让这些扰乱他的注意力。他不断地问问题，又努力演算解答，一直到其他所有人都离开。赫芬顿老师最后不得不赶我们出去："你们得周二再来，或者去找别的什么地方。我该回家了。"

"感觉好一点了吗？"当我们往停车场走时，我问罗比。

"相当好。"然后他转向我，"你真的是一个好老师。"

我冲他笑了笑："所以说你想周二再过来咯？"

他也冲我笑了笑："当然了。"

他提出要载我回家，但我觉得走回家会更好。

因为，我在回家前还得去个其他的地方。

我想要自己去那边。

97

好姑娘光芒万丈

"鼻涕虫！"当我走进先锋唱片店时伊奇喊道。他笑得嘴都咧到耳朵根了。

"你这个打小报告的坏蛋！"我笑着说，跑过去抱住他。

"生日快乐，年轻人，"他说着，一把抱住我，然后他笑起来，"你老爸上次可是一点都不好过啊！"

"是因为偷走了你这里的吉他吗？"

"当然不是！是他藏在这里！"他说，手指着那排降价CD货架的后面，"我那天都在冒冷汗。"

"好吧，你们居然骗我！我现在要回家玩我的吉他了。"

他看起来非常惊讶："你在家里得到了一把芬德，然后你今天居然还去学校了？"

我笑了笑："还不是因为你的影响。"

他哈哈大笑起来："我知道，我知道。"然后他又立马走回柜台后面，"这个，拿上这个，你在得到一个真正的扩音器之前用得上这个。"

他递过来一根吉他连接线和一块小小的、绿色的肥皂大的东西，

"这叫拾音器，接上电就可以用了。这可能不是什么名牌，但我想你会玩得很开心的。"

我又抱了他一下，然后一路跑回家。

我迫不及待想要试一下我的吉他，穿过门口的穿衣镜的时候，我瞄了自己一眼，我顿了一下，又退回去再看了一下。

我几天前就已经没有再化妆了，但我并没有觉得自己有多素面朝天、无精打采。我的脸颊红扑扑的，眼睛也是亮晶晶又水汪汪的，发型和挑染的那些头发也是好看得不行。

也许只是光线的缘故，那天下午，玫瑰色的夕阳光，刚好穿过门前的玻璃拱门。

或者，我猜可能是因为，当我对自己微笑的时候，我开始喜欢自己本来的样子。

98

改弦更张

　　最后，格雷森将她抱在怀里，看着她倾国倾城的美貌，大自然是如何造就这完美尤物的？像一只鸽子一样柔软，眼睛纯洁得像水晶。她就像是一抔阳光，一阵清澈的雨滴落在他的心上。

　　当黛利拉扫到格雷森深沉、多情的眼睛时，她感受到无尽的温柔，他温文尔雅、柔情似水，仿佛置身于梦中。随着一声娇嫩又无助的惊叹，她就被他结实有力的胳膊所环抱，慢慢地，他们逐渐卸下彼此的心防，她知道，他再也不会离开她。

　　当他的吻落下来时，她几乎可以感受到他心跳的频率，能够触到他内心的热情。在那一瞬间，她忘记了世界，忘掉了艾丽丝，忘掉了长久以来的痛苦，只是用自己最甜蜜、最赤裸的内心，接住他火一样的热情。

我又读了一遍这一段，然后，叹了一口气，我把《心动之吻》跟

《指环王》和《公主新娘》一起塞到我临时堆起来的书架里。

在我拿到吉他的那一周，它就完完全全把《心动之吻》挤到了一边。故事是我可以想象的东西，但吉他可是我可以实实在在握在手里的东西。

不过，一把吉他没法给我一个完美之吻。而且尽管读了这么多遍之后，这本书对于我来说已经不再有任何触动，但把它丢在一边，又让我感觉是把自己的梦丢在了一边。

也许并没有这种所谓的完美之吻。

也许那就像艾德丽安说的，仅仅是一本小说而已。

而且我也得解决现实中的问题。

过去一整个星期，我都在试着做点什么弥补艾德丽安。我在她的教室门口等她，也在剧场那边等她；我给她打了电话，也留了信息；我给她写了信，解释了我跟帕克斯顿的吻都根本算不上是接吻，就只是一时冲动碰了碰嘴唇而已。但她还是躲着我，折磨着我，或者就完全无视我。

我不想放弃，但我也实在不知道该做什么。一周下来，我开始怀疑一生的友谊是否就跟这个完美的吻一样。

也许它们根本就不存在。

不过周五的晚上，在扫那把吉他扫到手指都几乎流血之后，我做了个重大的决定。

是关于艾德丽安她们合唱团的首场春季演出。

我要去参加那个演出。

99

歌声带走黑夜

只有真正的朋友或者是亲密的亲属才会出席拉克蒙特高中的合唱团表演。往好了说，就是他们那个演出有点悲惨。他们唱功本身是没什么问题的，但选的歌曲总是很奇怪，那些歌你从来没听过，感觉像是某个看门的老大爷从一百年以前的骨灰堆里翻出来的。当然，我只是这么猜着玩，不过我也实在是为这些歌曲找不到任何其他好一点的解释。

更糟糕的是，这个合唱团真的是⋯⋯人员稀少。他们大概每边就只有五个人。而且因为那是一个传统——或者其他的什么规定，他们让歌手们在整个剧院的舞台上分别错开，站在三层站台上。沃格尔夫人在一角弹奏一架小型钢琴，沃格尔先生站在前面指挥，但是他再精彩绝伦的手势也掩盖不了一个事实，就是至少得有二十个歌手，才能够撑得起场面。

无论怎样，我还是在去剧场的路上给艾德丽安带了一束玫瑰，然后又从售票处买了票，跟着引座员打了码，然后就在里面等。

拉克蒙特合唱团的作品里，唯一还能说得过去的就是剧场本身。它崭新又豪华舒适，有露天看台还有阳台上的座位，紧挨着拉克蒙特高中但不属于任何地方。剧场虽然在校园里，但是在非常边缘的地方，我不相信我们高中拥有它，猜想资金来自于外部捐款或者由某个基金会所维持。

不然的话，为什么售票员、经营的人、引座员，还有保安都是校外人士？

如果我去那边可以拿到一些选修课的加分的话——就像瑞德女士的戏剧表演课，我本可以选择一个在阳台后面或者上面一点的座位。但我去那边是为了给我的友谊加分，因为这个我必须得让自己显眼一点。尽管距离开场还有不到几分钟的时间了，但座位还是空空荡荡的，观众寥寥无几。于是在四处观众席里扫了一遍，发现没有薇鲁家的其他人过来之后，我就选了一个正中间的座位，悠闲地坐下来。

"欢迎各位来到剧场！"一个声音从音响里传出来，"请将您的手机设置成静音模式，请不要将食物、饮料以及口香糖带入剧场。以及为了演员的安全，请不要使用闪光照相机。请找好您的座位，表演即将开始！"

二十五个观众全部到场了。

幕布逐渐向两边拉开。

沃格尔夫人开始弹奏三角钢琴，沃格尔先生双手逐渐挥动起来，整个合唱团都还没开口，他们的心和魂都挂在报幕人一本正经选出的第一首歌上面：《长河滚滚》。

女孩们都穿着丝绸长袍，艾德丽安看着美极了。她的头发高高地绾起一个丸子，有两撮头发沿着太阳穴卷下来，搭在耳朵和脖子前。她的钻石项链在灯光下闪闪发亮。

我完全被她迷住了，想起我们在三年级时爬到她家阁楼里，翻到她妈妈的一大堆旧衣服。又酷又大的毛衣，还有配了垫肩、拖得长长的裙子，跟几乎要上天的高跟鞋，还有最重要的——一个贴了"伴娘礼服"的盒子。我们后来才知道，薇鲁夫人在自己成为一个新娘前，已经当了八次伴娘。

艾德丽安现在穿的那件蓝色的丝绸长袍让我想到那些伴娘礼服。看到她这会打扮得这么成熟，感觉有点怪怪的，而且在我脑海里的，都是在阁楼里，我们玩"盛装打扮"游戏的样子。

这也让我想起了其实我也一直在玩"盛装打扮"的游戏：我不也是借了妈妈的衣服，她的化妆品，她的香水……

我想知道什么时候我们会变成一个大人。什么时候你会从扮演大人变成一个真正的大人？其实有时候我的爸爸妈妈到现在为止，看起来还像是在玩扮大人的游戏。尽管已经有一个十七岁的小孩，他们似乎还是不太适应大人的那些衣服。

我就是这样消磨时间，从《窗户上的喇叭花》到《忧郁的蓝玫瑰》再到《月亮之下》，然后又听沃格尔夫人介绍接下来的一首歌是日耳曼民谣。当合唱团开始唱那首《我亲爱的小狗》时，我的注意力又转向帕克斯顿。

这个男生唱得非常投入。

甚至有一点太严肃了。

但是在换歌时，我注意到他的目光落向一个穿蓝色长袍的女孩——好吧，其实所有的女孩都穿蓝色长袍，不过我这里说的是艾德丽安。他在她后面稍微高一点、中间只隔了两个歌手的地方。也就是说，他就在那么一米开外的地方。但是因为上面的人被排成一个U字形，所以他可以看见她漂亮的发髻，以及稍稍动一下他那打了领结的脖子，就能看到她的侧脸。

他还真的动了一下脖子！

这让我感到一阵莫名的开心。我恨不得立马把艾德丽安拉到一旁告诉她这件事，迫切想要告诉她关于帕克斯顿偷瞄她的每一个微小的细节，也迫切想要看到她高兴得手舞足蹈的样子。

也许这些对于她来说都不是什么新鲜事，她怎么说也被这个帅哥送回家过一次。不过万一这些事是新的呢！

我突然觉得我跟她之间没有什么嫌隙了，我们又回到了阁楼里，做回了最好的朋友，而我只想跟她分享这个新的发现！

在中场休息前的最后一首歌——《歌声带走岁月》终于结束后，我知道我没法再继续等到下半场结束。

我必须得去后台。

就现在！

亲眼所见

我要去后台时被一个八十岁的保安粗鲁地拦下。

"我说不行，小姐。"在我第三次试着请他通融让我过去时，他吼道，"你完全能理解'不'是什么意思，对吗？"

我皱着眉头看着他。

有了！

我就带着我的花往外走，我知道该怎么走！我知道还有个后门！我可不能让这个老家伙阻止我去分享一些新的发现！

那天夜里空气格外清新，当我走向这栋建筑的后面时，大口大口地吸着气。我可以闻到街边整整齐齐排开的松树的味道，甜美，又沁人心脾。艾德丽安不可能永远都不理我！她不可以这么做！

我加足马力转过墙角，但又立马退回来撞在墙上。帕克斯顿牵着艾德丽安，正拉着她从那个我要去的后门往外走。她开心地笑着，他也在笑，就在门关上的那一瞬间，他将她转过来面朝着自己。

一盏安全灯像一盏月亮似的亮在他们头顶，将他们沐浴在暖黄的灯光中，在那一刻只有他们自己。然后他们看着彼此的眼睛，我的心开始怦怦怦跳起来。

　　他要吻她！

　　我既想立马走开，也想靠得更近一些。最后我非常明智地，留在原地，使劲抠着墙皮。

　　然后，感觉书里的情节就要在现实中上演，艾德丽安扫过帕克斯顿的眼睛，我看着他完全沉沦在她的美丽中。当他轻轻把她拉到自己身边时，我看到她几乎融化在他的手臂中。

　　当他吻她时，我可以看到他们周边的世界天旋地转，我能够感受到他们的幸福在夜里光芒四射。

　　我靠着墙，膝盖慢慢弯下来。

　　此刻，这就是那个心动之吻。

在化妆室

在帕克斯顿和艾德丽安回去后很长一段时间，我都坐在黑暗中，久久不能平复。我一直都在苦苦寻找的心动之吻，艾德丽安似乎轻而易举就找到了。

这到底是怎么一回事？

最后，我站起身，拍拍身上的土，然后溜进那个后门。下半场表演正在进行中，于是我就在女士化妆间等着，那化妆室就像一个歌舞队的更衣室。除了一个装饰得珠光流气的卫生间以外，还有数不清的镜子、流光溢彩的灯光、华丽的凳子，还有长长的衣架。

在等下半场结束时，我还花了些时间坐在镜子前检查了一下自己。

帕克斯顿已经变成了那个拥有心动之吻的人。

但不是跟我。

那么是我的原因吗？所有那些让人失望的吻归根结底都是我的错误？

是我的方法出了问题？

还是说我的期待出了问题？

我一直都在寻找那个完美之吻，但我在那些男生身上，从没投入过任何一点感情。我只是满心期待那个梦幻的时刻，一心想着赶紧得到那个心动之吻。

我又是如何收场的呢？

一些乱七八糟的吻。

演出结束的时候，艾德丽安来到化妆室，她唯一能做的事就是瞪大眼睛看着我。

我抓住她的手腕，一把把她拽到凳子上，将玫瑰花塞进她的手中，悄声说："我看到帕克斯顿亲你了！"

她的眼睛回过神来，脸上闪耀着天使一样的光芒，终于打破沉默："你真的看到了？"她问道，抓住我的胳膊。

我点了点头。"那是我见过的最美好的事物。"我靠过去一点点，"那才是一个真正的'心动之吻'！"

"的确是，不是吗？"她喘着气，"噢，天，伊万杰琳，我觉得我要晕倒了！"

我微笑着看着她："我看得出来。"

"那你刚才在哪里？"

我耸耸肩："本来是想着绕过剧场，然后从后门溜进来看你，想告诉你他在前半场表演中，是怎样一直看你来着。"

"他真的？"

我笑起来，因为看到她这么问，真的很可爱："嘿，有没有搞错！弄得你很意外似的？他都亲了你！"

她也咯咯地笑起来，然后看着我突然哭起来："噢，伊万杰琳！"

　　我的眼泪也止不住地往外冒，跟她抱在一起："我真的真的好想你！"

　　"我也真的真的好想你！"她说。

　　我推开她，抽了抽鼻子："噢，好吧！"

　　"我讲真的！我真的想你！"

　　我点点头："我也是。"

　　她再次抓住我的胳膊："你可以来我家吗？今晚睡我们家？我们有好多好多东西得补上。"

　　我微笑着点点头："当然了。"

投资风波

自我看到艾德丽安和帕克斯顿的吻已经过去一个月了。那也不是他们唯一一次接吻。艾德丽安说他们已经接吻好多次，而且我也看不出这对小情侣什么时候要停止的意思。

事实上，我打心底里为她感到高兴。

好吧，是有一点忌妒，但还是很高兴。

我就不一样了，我已经对接吻没那么大的兴趣了。也不是说我没再动过心，尤其是有很多非常好的机会的时候——最明显的一个就是来自帅气的拉尔斯·威尔逊，跟斯图一样，跑过来说跟他接吻一定是那个心动之吻。

那也许会是吧，不过现在我忍住了去寻找的冲动。

而是做一些比起接吻级别稍稍低一点的事情。

那就是购物！

因为艾德丽安要跟帕克斯顿一起参加毕业舞会——顺便提一下，我跟帕克斯顿也道过歉了，所以我跟她花了一整个星期扫荡了所有的商店去找一条童话般的裙子。不过当我们为她找裙子时，也遇到了一些很适合我的东西。不是裙子——只是一些衣服，风格介于妈妈衣柜里的那些和我那些实在拿不出手的T恤之间。这些衣服更适合我。我最喜欢的是一件白色T恤——当然，是那种无袖、低圆领的T恤。上面没有任何字母或者品牌标志，只有六把垂直的来复枪，排在一把紫色的吉他上面。那是一件我一眼看到就想着"就这个了"的T恤，我很喜欢。

我也很喜欢艾德丽安的裙子——这种喜欢跟前面的喜欢完全不一样。那是一件深红色的高腰长裙，肩带和束身马甲的细节处缀着非常好看的宝石。她穿上它看起来美极了，等我收拾好她的头发，给她化好妆，帕克斯顿一定会倾倒在他的至爱面前。

我也许应该感到忌妒，但我并没有。我现在更多的是在调整自己，在考虑其他人之前，我需要给自己一点点时间。

所以我并没有再过多考虑接吻或者男朋友的事，而是把心思投入自己身上。

投入吉他训练中，也投入学校的作业里；投入我跟艾德丽安的友谊中，也投入我的家人身上。

让我意外的是，我也投入罗比·马歇尔身上。

在212教室通过给罗比补课，完成我的社区服务时长之后，我们把我们的数学互助小组搬到了星巴克。我们也不是出去约会，就是一起写家庭作业而已。他做得非常认真。那是一个固定的两周一次的约定，每次我都非常期待。罗比实际上非常幽默，而且他的数学成绩现在上升到了B-，这让我格外骄傲。我只是不知道我是否会足够勇敢再去亲他一次。尽管如此，我脑海中还是忍不住想，既然数学补习如此顺利，那么说不定他在接吻这件事上，也会学得非常快。

罗比有一件最好的事就是，当我拒绝他的毕业舞会邀请之后，他就只是笑了笑："也许我们可以明年再去。"然后也没有找任何其他人。

也许他也是投入在我身上。

不过除了更了解罗比以外，我对布罗迪的了解也更多了点。他们两个都知道彼此，所以我也没有说是瞒着谁。此外最近妈妈贴出了公寓的转租广告，我们正一点一点把东西搬到原来的房子里，我用那台电脑给布罗迪写了好多邮件。我们大多是在讨论书籍、音乐，还有政治。这可能看起来有点傻，我们就隔着几条街，却发这么多的邮件来沟通。但事实上我已经是他们家的一分子，所以这是我能够真正了解他的最好途径——这个家伙事实上非常有想法。

再有几个月布罗迪就要去康涅狄格州了，不过我想我们还是会跟现在一样保持邮件联系。至少我希望如此。

所以即使我们有一些出乎意料地弄得不尴不尬——还有多愁善感的时刻，但我已经从我的接吻狂经历中学到了很多。我现在能更好地理解自己，也能更好地理解我的父母……我也理解原谅也许很难，但那是获得解脱的第一步……而且我也能理解诚挚的道歉蕴含着巨大的治愈力量。

芬德的电吉他插入扩音器也有这种力量！

我也终于认识到一个心动之吻并不是刻意追求就能得到的，因为那并不仅仅是两张嘴唇热情地邂逅。

那是一次坦白。

是你的嘴唇向你爱的人，轻言细语，做最诚挚的告白。